A Love So Beautiful

致我们单纯的小美好（下）

赵乾乾／著

A Love So Beautiful

第十七章

我神奇地发现，这一个星期里，我家里慢慢地出现一些前所未有的异象，比如说浴室里的刮胡刀，比如说卧房里的医学书，比如说厨房里一夜之间全部消失了的方便面，比如说饭桌上那一块形状诡异的骨头……

当我看到那块骨头堂而皇之地出现在餐桌上时，我决定不能再姑息养奸，再这么下去他非得把他家都搬过来不可，于是我拎着骨头气冲冲地跑到正用笔记本电脑写学术论文的江辰面前，把骨头往电脑桌上一丢：“这是什么？”

他侧头瞄了一眼，平静且认真地回答我的问题：“骨头。”

他的淡定浇灭了我大半的气焰，但我还是强迫自己装出有气势的样子："我知道这是骨头，我是说它为什么会出现在餐桌上？你不要以为我没有发现你偷偷地把你的一些东西搬到我家里来！"

江辰的手指离开键盘，很无辜地转头看我："我没有这么以为。"

啊？没……没有吗？

我觉得我像一个鼓鼓的气球，而江辰手里有针，伸手一戳，我满肚子的气就咻一声一泻千里。

他看我半天不讲话，就要转过身去继续对着电脑，我连忙说："那……那你怎么可以把你的骨头模型放在餐桌上呢？"

江辰皱着眉头看一看骨头，又看一看我："如果我没认错的话，这是昨晚我做的排骨汤里的骨头。"

……

解释一下，昨晚我心血来潮想喝莲藕排骨汤，上网查了食谱，出去买了食材，等到江辰下班回来，我就连哄带骗地让他看了食谱，再连哄带骗地让他动手熬汤。所以说，男人还是要训练的，狗都能训练了，何况……没有何况。

江辰熬了一大锅汤，喝剩一大半，于是我今早就热了当早餐，江辰咕噜咕噜喝了两碗就说他先下楼在车里等我，我把剩下的都喝完了，喝完后我看着锅底那几块大骨头，觉得如果我不把它们啃干净一定便宜了房东养的那条每回见到我吠得特别大声的狗。可是我才啃干净一块骨头，江辰的夺命连环call就来了，他说你到底在磨蹭什么，再不下来我不送你去上班了。我这人催不得，一催就手忙脚乱百般出错，所以我一着急就把桌上的砂锅和碗都扫地上去了。好不容易才把地上收拾干净，就被冲上楼的江辰拎出去了。所以那块被我啃得干干净净的骨头就留在饭桌上烘干了一天，而日理万机的我压根儿已经忘了早上的小插曲，所以……

“哈哈。”我连声干笑，“好像真的是……”

我见他脸色不好看，就赔着笑脸夸他：“这样你都能认出来是昨晚的骨头，你……你跟它很熟嘛。”

其实我本来是想夸他“真不愧是医生”的，但他瞪我一眼我就胡言乱语了……

江辰一愣，抿出一个酒窝：“还好，我跟你也挺熟。”

……

说完他又回头敲他的论文了，我坐在床沿苦苦回想，我原来是想兴师问罪什么来着？

因为想不出来，所以我走过去从背后把下巴搁在江辰的肩膀上发呆，因为所以不是这么用的，但我高兴这么用，你奈我何。

江辰侧头亲了我脸颊一下，然后就无视我的存在了。

我拉一拉他的耳朵，随口说：“你每天这么累你一个月工资多少？”

他拉开电脑桌的抽屉，拿出他的钱包，抽出一张金融卡：“我的薪资账户提款卡。”

“啊？”我接过来，挠一挠头，“我又不是提款机，你给我一张卡我也看不到你一个月多少钱啊。”

江辰一副很无奈的样子：“我上缴工资行了吧，密码是你手机号码后六位数。”

“你的密码为什么是我的手机号码？”

“刚改的，你太笨，怕你记不住。”

“可是你为什么要把提款卡给我？”我的心纠结在拿和不拿

的挣扎里。

“因为你每天在我耳边念叨水电费很贵。”

我脱口而出：“那你回你那儿住啊。”

江辰不说话，安静地看着我。

我懊恼得想咬下自己的舌头：“我……我是说你最近都住我这儿，你那边会……会落满灰尘。”

同居在这个时代早已不是什么了不得的大事，只是……只是我也说不清为什么，总觉得这样不好，大概是因为还没得到双方父母的首肯，总觉得做什么都名不正言不顺，好吧，我这人有个毛病，矜持。

江辰扯一扯嘴角：“我知道了，难为你惦记着我家的灰尘。”

我不知道该说什么，只好冲他讨好地笑：“你继续吧。”然后低眉顺眼地退出房间，到客厅看电视，声音开得很小，也没看多少进去，只是耳朵拉得老长，想听房里的动静。

过了半小时，里面传来电脑的关机音乐，再过五分钟，江辰提着电脑包出来了：“我回家了。”

我站起来，咬一咬下嘴唇：“开车小心点。”

江辰的脸色一阵黑一阵白，瞳孔深处像是有两簇烈火在燃烧。

门甩上发出的巨大声响吓得我缩了缩肩膀，这么大的脾气呀……

我去闩好门，靠着门掰着手指算我们重新在一起的日子，三个多月了，从夏天到秋天，从开空调到盖秋被，他怎么不提一下跟我回去，让我给我爸一个交代，或者带我回他家，让他妈羞辱我一顿什么的。

我在脑海里幻想着他妈如果再看到我会说什么，嗯，大概是你怎么这么阴魂不散之类的，我应该怎么回答她呢？因为你儿子是招魂大师？哈哈，过干瘾。

门铃响起时我屁股才刚沾上沙发，从猫眼里看出去，江辰的脸凹凸扭曲，可爱得很。

我边开门边扬声说："不是要回家哦，还来干吗？我今晚说什么都不会收留你的。"

我承认我有点得意，觉得难得江辰你也有低声下气回来的时候，堂堂江辰呀堂堂江辰。

只是当我见到他身后跟着的两个人时，我笑不出来了，嗫嚅着叫道："爸，妈。"

我爸黑着一张脸，我妈笑眯眯地过来牵我："我们刚刚在楼下遇到小江，就叫上他一块儿上来了。"

"妈，你们怎么就来了？这么晚，怎么不先给我打个电话，我好去接你们啊。"我偷瞄了一眼江辰，表情还算镇定。

"还不是你爸，硬要上来看你，还说你工作忙就别让你来接了，哪知道今天路上塞车塞这么久，搞得这么晚才到。"

骗人，我看城市晚间新闻时还说今天交通状况异常良好，年纪一大把了还玩突击检查，不要脸。

我妈拉着我往厨房走："发什么呆，倒水出来给你爸喝。"

一进厨房我妈就小声地嘱咐我："你家里留了什么男人的东西快点去藏起来，别让你爸看到了。"

我吓一跳，话也来不及讲就闪进房间去把衣柜里江辰的衣服扫进袋子里塞到床底，再闪进厕所去把江辰的牙刷毛巾刮胡刀全部扫进塑料桶，用一个脸盆盖住了塞到洗手台下面。然后又想起阳台上还晾着江辰的衣服，去阳台就势必要经过客厅，收了衣服进来怎能躲过坐在客厅的我爸和江辰？真是急得我挠头跺脚不知道怎么办。

于是我又回厨房去问正在找茶叶泡茶的我妈，她鄙夷地说："你的衣服收了抱进来，小江的衣服收了丢下楼。"

……

果然姜还是老的辣。

我顶着我爸狐疑探究的目光干笑着往阳台走："妈说衣服晚上要收进来，不然露水打了不好……"

收了衣服，我趴在阳台上仔细斟酌要往哪个方向扔，只是天色太暗，我家又住得太高，实在拿不准这衣服飘下去会不会砸在谁的脑袋上，别的好说，要是内裤砸在人家脑袋上，那就真是太不好意思了呀……

大概是我在阳台磨蹭了太久，里面的人已经开始交谈，我听见低低沉沉的声音，好像是我爸和江辰正在说什么，我猫低了身子凑到阳台门旁偷听。

"你跟小希分手了那么久，如果爱她，为什么不来找她？"我爸的声音听得出来带着一点火气和一点故作的威严。

爸，您问得真好。

江辰的声音压得很低，但可惜了我住的贫民窟是没什么隔音可言的，所以我听得很清楚，他说："叔叔，您也年轻过，年轻有时也就是赌那么一口气。"

我爸一声冷哼："你这口气赌得可真久。"

"是我不懂事。"

"既然赌气，你们又是怎么和好的？"这声音是我妈，果然比另外两人要有气势得多。

“叔叔住院的那次，小希打电话给我，后来我们又联系上了。”

“也就是说，是我们家小希先找你的？”我爸说。

“不是的，其实是我先假装误按手机拨通她的电话，我本来以为还得多装几次按错号码她才会回我电话的，只是没想到会碰巧遇到您的事。”

“小希知道吗？”

“不知道。”

“为什么不告诉她？”

“赌气。”

我一时五味杂陈，赌气赌气，赌你妹啊……

我妈发出嘿嘿的笑声，我爸还在锲而不舍：“你这么爱跟小希赌气，以后过日子也不会让着她，我不能把她交给你，再说了你家里人也没那么好伺候。”

“叔叔您请放心，我有分寸，不会让小希难过，我会好好对她的，我爸妈那边我也会处理的。”

“哼，光凭一张嘴谁不会。”老实说，我爸听起来很无理取闹。

“那么叔叔希望我怎么证明给您看？”江辰口气诚恳镇定，我怀疑他是病人家属对付多了，经验丰富。

“你先给小希坦白打电话这件事吧。”我爸说。

“就这个？”江辰显得很困惑，其实我也觉得很困惑……

“对！”我爸答得斩钉截铁恬不知耻。

“可是小希站在阳台听了很久了。”江辰似乎有点困扰。

……

我把江辰的衣服迅速往楼下一扔，抱着我的衣服赔着笑走进客厅："呵呵，阳台空气好，站着腿脚好……"

我爸和我妈住了三天，嫌房子实在挤得很就回老家了，江辰这几天下了班乖乖到我家帮着我妈做一些洗菜择菜的事，陪着我爸看球赛下棋，十足的孝顺乖孩子模样，只是私下见了我总给我脸色看，大概还在气那天我赶他回家的事。

今天一早进公司傅沛就兴高采烈地跟我们说把上两个月拖欠的工资都给我们发了，最近公司总接不到大单子，我和司徒末看在眼里都不多说什么，司徒末不等钱花，我勉强能熬，所以没必要为难公司，"公司是我家"这种话太矫情，但我们仨就是这公司的开国元老，换句话说，这公司的规模，也一直没扩大过啊……算了，用司徒末的话说就是，我们对这公司的感情就像是自己生养的孩子，长得再丑也只能忍了。

下班我经过提款机时就想顺便看一下工资，但卡插进去密码却老不对，眼看再一次就要吞卡，我把卡退出来才发现是江辰的卡，于是又插进去，输入手机号码末六位数，然后活生生被里面的数字吓趴在提款机上了，只希望路过的人别以为我在非礼提款机才好……

我找出手机打给江辰，嘟嘟的声音响了很久才被接起来："干吗？"

"没事不能打电话给你啊？"

"到底什么事？我很忙。"

"没事。"我没好气地说。

"没事我挂了。"

于是电话喀一声就断了，小气鬼啊。

我本来想问他什么来着？哦，问他账户里的是从什么时候到什么时候的工资，如果是两三个月的，我立马回去戳破家里的保险套，怀一个他的儿子嫁给他。

可惜电话被挂了呀，脸皮薄得跟甩饼一样的我，还是过十分钟再给他打电话吧。

不过才走了几步，手机又在包里响了，我设给江辰的个人铃声，五月天的《如烟》，重复那几句——“七岁的那一年，抓住那只蝉，以为能抓住夏天，十七岁的那年，吻过他的脸，就以为和他能永远，有没有那么一种永远，永远不改变，拥抱过的美丽都再也不破碎……”

“陈小希！”随着一声气急败坏的怒吼，背后有人拉住了我的马尾辫。

我转头，江辰一手拉着我的辫子一手晃着手机：“你干吗不接我电话？还有你杵在路中央发什么愣？”

“你怎么会在这里？”我捂着后脑勺，“别拉我头发。”

他说：“你刚刚打电话给我时我就在这附近了，今晚大学同学聚会，都让我带上你。”

“刚刚在电话里你很凶地问我干吗？还挂我电话？”我拎着他衬衫的领子说，“老娘不乐意陪你聚会了。”

他哦了一声表示收到，格开我抓着他领子的手，转身就要走，我连忙抓住他的衬衫袖子，“开玩笑的啦，我去我去。”说完还主动把手塞到他手掌中去：“走走走，有哪些人会去，大师兄会去吗？”

江辰瞪了我一眼：“你管他去不去。”

A L♥ve S♥ Beautiful

第十八章

A Love
So Beautiful

大师兄比我们高两届，当年跟江辰同一间宿舍，长相搁现在看绝对是一个锥子脸花美男，但由于当年我们普罗大众的审美还未和韩日两国接轨，导致我们都无法欣赏他的美，从而一致认为他长得尖嘴猴腮，还给他取了个好听的名字叫“美猴王”，但成天美猴王美猴王地叫着有点侮辱猴，所以后来就都改叫大师兄了。

我和大师兄大学时关系不错，因为他大学的女朋友就是我们宿舍的王晓娟，还是我牵的线，我很抱歉。王晓娟是著名的大小姐脾气，大师兄被整得叫苦连天却也甘之如饴，每回他被折腾惨了就来找我诉苦，说陈小希早知道我就追你好了，我把你从江辰手里抢过来。我说是吧，后悔了吧，我也觉得我配江辰有点浪费。然后我们就相对大笑。这叫两个嘴硬的穷人在炫富。

大师兄毕业之后去了一家中学当校医，刚开始还常回学校来看我们，当然主要是看王晓娟，我们听他讲现在的小孩子有多变态，在厕所里就能把孩子生出来，也不怕孩子掉到窟窿里去什么的。后来王晓娟跟富二代跑了，他就没再出现过了。

我常在江辰面前缅怀大师兄，说大师兄怎么就消失了，王晓娟怎么就不知道好好珍惜他呢，以后哪个女的要是嫁给了他，真的是祖上积德。有次讲得江辰不耐烦了说陈小希你以后再在我面前啰唆他一句我就掐死你。

聚会约在一家KTV，门一推开震天的音乐就滚了出来，好几把尖锐的声音在狂吼："死了都要爱，不淋漓尽致不痛快……"江辰苦笑着摇头把手盖在我的耳朵上，嘴巴动了动，不知道说了什么。

我眼尖，一眼就看到"死了都要爱"里面有一个是大师兄，扯下江辰的手摇晃："大师兄。"

他给了我一个不屑的眼神。

"观众们注意了，班长贤伉俪驾到。"拿着麦克风的人突然说，全部人齐刷刷地看向门口，一时口哨声欢呼声四起。

我挥手大吼："同学们辛苦了，我又把你们班长拿下了。"

哄堂大笑。

江辰揽住我的腰推着我往里面走，沙发上已经七七八八坐满了人，左挪右挪才拨出两个位置让我们坐下，我才坐下就被旁边的人搂进了怀里，啵一声亲在脑门上:“小希，我亲爱的小希。”

我把人推开，再把她的脸抬起来，然后大叫着又抱上去:“雪人雪人。”

江辰拉着我的领子把我扯开:“你快把雪静勒死了。”

我和江辰他们班同学的关系特别好，甚至好过我自己班里的同学，而雪静无疑是和我最好的一个，因为她说我有利用价值……雪静是江辰他们班挂名的宣传委员，挂名是因为他们班如果有什么活动，宣传海报和传单向来都是我做的。

雪静捏着我的脸骂：“你还有脸来？跟江辰分手了连我电话也不接是吧？”

我手在身后扯江辰：“救命。”

他拍开：“活该。”

突然音响传出一声尖锐刺耳的电流声，大概是谁的麦克风对到了音箱。砰的一声，原本欢欣鼓舞唱着歌的大师兄不知道为什么突然把麦克风往地上一掷，骂咧咧地急冲向厕所。

我不解地看着雪静，她冷笑着指着大师兄跑去的方向：“死了都要爱，这种是爱了都得死。”

我想追问，江辰却突然俯在我耳边问：“你晚餐还没吃，我叫碗牛肉面给你？”

我捂着耳朵转头瞪他：“很痒，我要加很多香菜。”

他敲了一下我的头：“你当餐厅点菜啊？”

我转回头去继续问：“大师兄怎么了？”

雪静端着满满一杯啤酒在吹上面的酒泡沫，漫不经心地回答我：“冲向厕所还能是为什么，释放内存呗。”

“释放内存？”我一时没明白过来。

她给我一个你怎么这么笨的眼神："人的排泄物不就等同于电脑的内存嘛。"

电脑闻言泣不成声。

音乐换成缓慢的抒情歌，有人在唱那首《最浪漫的事》，但由于我刚被雪静普及了一下电脑知识，所以那句"我能想到最浪漫的事，就是和你一起慢慢变老"，我怎么听就怎么像"我能想到最浪漫的事，就是和你一起卖卖电脑"，这悲催的人生……

牛肉面很快就端了上来，桌子太低我干脆蹲在地上吃，边吃边跟雪静东拉西扯些有的没的，雪静说她毕业后没当上医生，跑去当了药厂业务，最近刚辞职，跟朋友商量着做点小生意。

当我们在为青春逝去这等感伤的事情感伤不已时，江辰在背后用脚尖踢我的背："快吃，面糊了。"

我多吞了几口面把碗一推："我饱了。"

坐在雪静旁边的李大胖凑过来："剩这么多真可惜，给我吃。"

江辰端起来吃："我也没吃晚饭。"

李大胖失望地大口叹气："你没吃你怎么不点啊……"

雪静说："你想吃你怎么不点啊？"

"我在减肥。"

……

江辰三两下把面吃完了，碗搁桌子上时我才突然想起："你不是不吃香菜？"

他拉我回沙发坐："你蹲上瘾啦？"

我嘿嘿地笑："你一说我脚还真的很麻。"

正说话间，大师兄从洗手间出来了，笑靥如花地朝我们走来，大概是这几年都跟中学生混，他的脸蛋出落得真是美丽与青春兼而有之。

他路过一条条大腿，最终停在我和雪静中间，颐指气使："你们两个，给大爷挪点空间出来。"

我和雪静不约而同地选择了无视他。

"你们两个死丫头，看我一屁股把你们坐成标本！"他说着就转身背对着我们要跳坐下。

江辰眼疾手快地把我一拉，我大半个身子都坐在了他身上，而旁边传来雪静的鬼叫："挤什么挤！找死啊！"

我正想伸手去帮她推开大师兄，江辰两手扶住我的腰一提，我就彻底坐在了他的大腿上。我一离开沙发，自然就空出了一个位置给大师兄坐下。也就是说，大师兄在江辰的协助下，不费吹灰之力就把我的位置抢走了，这让我很不满。

我挣扎着要跳下去跟大师兄理论，可是江辰却箍实了我的腰不放："坐好。"

我正想抗议，转头却见他皱着眉一脸凝重，虽然不知道为什么，我还是乖乖坐好，摆出正襟危坐的样子。

大师兄端起桌上的啤酒，朝我们举了一下杯，仰头干了，晃着杯底挑衅地笑。

我摇着食指："大师兄你不应该哦，喝完酒了就要把杯子放下，晃来晃去容易打破的。"

他做出一个要拿杯子扔我的动作，然后张开手臂说："小希，多少年没见了，快来给大师兄抱抱。"

虽然他这样的行为很不大师兄，很二师兄，但我还是扭着屁股捏着嗓子配合："不嘛不嘛，人家就不嘛。"

一群人同时露出作呕的表情，我对此感到很有成就感。我这人在熟悉的环境中偶尔会表现得比较活跃，积极炒热气氛，学名叫作间歇性人来疯。

江辰环在我腰上的手突然收紧，紧到我怀疑他是不是想把我的胃勒到可以从嘴里跳出来。

我诧异之下转头去看他，这里要提醒一下热爱扎马尾又常有机会坐男性友人腿上的女性朋友，头不要乱转，非得转也不要转太快。因为以我的经验，身后的人会被你的马尾很用力地甩到，然后他会生气。

江辰同学生气了，但是在场的人除了我没有人知道，因为他面部表情依然平静，但是手却硬生生地把我的老蛮腰勒成小蛮腰。

我拍着他的手小声说："我就说要把头发剪短嘛。"

"剪头发？"大师兄不知怎么就听到了，"你以前短发时那股清纯劲儿啊，真是，啧啧啧……"

后面那三个"啧"字听起来意味不明，但从他的面部表情我判断是褒义，所以我就摸着头害羞地笑。

大师兄突然伸手要来掐我的脸，我想他是这几年来掐多了小妹妹们的脸就养成习惯了。

我躲闪不及眼看就要被掐，突然江辰松了搂着我的手，啪一声打开了大师兄的手："少动手动脚。"

气氛一瞬间有点尴尬，我打着哈哈："可不是，我名花有主。"

大师兄搓着手一脸猥琐："名花虽有主，我来松松土。"

“喂，不好笑。”雪静从桌上抓了一把瓜子扔他。

他们两个闹了起来，我靠在江辰耳边小声地责备：“你今天到底怎么了？大师兄就是闹着玩而已。”

江辰冷着脸不说话，我不是很明白他为什么生气，但猜得到跟大师兄有关，或许是吃醋了。虽然根据以往的经验，江辰是个几乎不吃醋的人，但他前阵子才莫名其妙地大吃吴柏松的飞醋，所以我也不能排除他是不是突然想在吃醋的道路上奋起直追迎头赶上青出于蓝。

他们系似乎常聚会，所以大家相处起来并不生分，闹了好几个小时，最后有人朝江辰伸手，他从钱包里拣了一张信用卡扔给那人，这似乎是大学养成的习惯，那时候他们班聚餐，作为管班费的人他就习惯了付账，一年下来他常常要倒贴不少钱给班费。

签单时江辰瞄都没瞄数目，倒是我偷瞄了几眼，快两万。

出了KTV后都说要去吃夜宵，大师兄挺着胸膛：“夜宵归我。”

一阵欢呼。

我和江辰跟在人群后面，我小声问他：“喂，我今天看了你的存款，里面的数字是你多久的工资？”

他没好气：“不记得了，大概半年多。”

我估算了一下，工资很高，但也未高到丧心病狂的地步，所以刚刚他眼睛眨也不眨地刷掉快两万这件事让我觉得有点难以理解。在我们家，我爸只要买超过两千块的东西就势必得和我妈商量，我以为这就是伴侣间对待金钱应该有的态度。

我扯一下他的衣服：“你刚刚刷了快两万块出去。”

他说："不行吗？"

"没有。"我松开他的衣服，说不上为什么情绪突然有点低落。

前面有人转头招呼我们："班长，你们别慢吞吞的。"

江辰揽着我的腰跟上去。

夜宵吃的是烧烤和砂锅粥，我才吃了两串烤鱿鱼须大师兄就晃着啤酒瓶说要玩真心话大冒险，多少年过去了，真心话大冒险依然在社会集体娱乐中扮演着重要的角色，这个游戏长命百岁的程度真是匪夷所思。

啤酒瓶转了三圈瓶口对准了雪静停止，大师兄说："真心话还是大冒险？"

"大冒险。"雪静说。

大师兄沉吟了一下，说："你过去跟那边独自垂泪的男人说，先生您是否失恋，可否容在下把胸脯借你靠一靠？"

……

都说了学医的都是流氓。

雪静一撩头发说："看我的。"

我们一群人默默地看着她风情万种地走向那个边喝啤酒边掉泪的伤心男，两分钟后，那个男的挂着眼泪鼻涕一脸将信将疑地朝雪静靠过去，雪静一把推开他，万般委屈地大叫："臭流氓！"然后风情万种地回来了。

错愕吧难堪吧，醉汉，人生就是这么的跌宕。

酒瓶在桌上转了一圈半，瓶口指着大师兄，雪静奸笑："真心话还是大冒险啊？”

大师兄摸着下巴：“真心话吧。”

雪静挑着眉毛开始表演若有所思。

他们俩的互动让围观的群众很忧心，作为群众的杰出代表，我咬着烤鸡柳说：“医学系的，我是纯洁的艺术系，请注意一下尺度。”

喂，都露出鸡鸣狗盗的表情是怎样？

雪静喝下一口啤酒平静地说：“那就先来个热身的吧。”

众人翘首以盼。

她说：“你觉得爱情重要还是金钱重要？”

……

众怒难平，雪静在众人竹签和骨头的攻击下只好把问题换成了：“谈谈你的一个春梦对象。”

这就对了，世界这么乱，装纯给谁看？

于是大家敲着盘子起哄：“快说快说快说……”

作为人类灵魂表达者——艺术系的代表，我不便随便跟着这群凡夫俗子起哄，所以我低头优雅地用舌头剔着鸡翅尾上的肉。

“我昨晚倒是做梦了。”大师兄说。

“梦到谁？”

“小希。”

“啊？”平地一声巨雷，我叼着鸡骨头抬头。

江辰啪一声把筷子拍在桌上，我想如果这是本武侠小说的话，那筷子早就碎成粉末，风一吹还悠扬地飘。可惜他的动作只震得我面前的鸡骨头跳了跳，所以这是本言情啊。

当然惊讶气愤的不止我和江辰，雪静拍着桌子首先就开骂了：“你没听过朋友妻不可戏吗？”

大师兄一脸无辜的样子：“我是提醒小希抬头，免得错过我精彩的发言。”

他被扔了一脑袋的餐巾纸后嘻嘻哈哈地讲起他梦到学校里的音乐老师，说是梦到她穿着吊带袜沐浴在月光下拉小提琴。

我随着他描述的语言幻想了一下，猥琐和高贵完美结合，很精彩绝伦。我用手肘撞了一下江辰，小声地问：“你梦到过谁？”

我脑海里的设定是：江辰用气音发出一个“你”字，然后这个音节传到我耳朵里就百转千回了起来，然后我就脸红了，然后我们就在大庭广众下达到了偷偷调情的乐趣。

江辰却突然站了起来，端起面前的啤酒一口气喝得见了底，说：“我明天一早有手术，先回去了，你们尽兴。”说完也不给一桌子人挽留的机会，拉起我就离开了。

出了门江辰拦了出租车就把我往里面塞，我还没坐稳，他也挤了进来，差点把我逼得撞车窗。

车走了五分钟，我终于忍不住问出那句忍了整晚的问题：“你今晚到底怎么了？”

“没事，累了而已。”他闭着眼说。

我还想说什么，手机响了：“喂，大师兄呀。”

“你们没事吧？不好意思，我刚刚玩笑开得过火了点。江辰该不会生气了吧？”

其实我不喜欢他讲这话的语气，什么叫“该不会”？他这话委婉地暗示了如果江辰生气就太小气了的意思，而作为帮亲不帮理的忠实拥护者，我认为江辰无论做了多不合理的事，都轮不到外人来跟我唧唧歪歪。但我还是很客气地回答："没有，他只是最近忙，有点累而已。"

你看这就是成长，难免虚与委蛇。

他说："那就好，改天我请你们俩吃饭啊。"

"嗯，好。"我挂了电话却想不起来原本要跟江辰说什么来着，只好也学着他双手交叉在胸前装若有所思。

"你别跟大师兄有太多接触。"他突然睁开眼。

我不吭声，但在心里忍不住反驳，吃醋吃成这样也过头了点吧？

他见我不理他，伸了手过来戳一下我的手臂："你听到没？"

我转过脸去看窗外，打算以沉默来表示我对他这个无理要求的抗议。

只是我没料到这沉默居然沉默了一路，直到车到了我家楼下，江辰也是一句话都不说，甚至没有下车的意思。于是我下车，很生气地甩上了车门，换来出租车司机的两句诅咒，我气冲冲地上了楼。

上了楼我愈想愈不解气，决定大逆不道地打电话找江辰吵架，电话一通我开始语重心长地吼道："江辰，你不能用这种态度对待我，我是你女朋友，你要用温柔与爱包围我。"

电话那头一阵沉默，半晌才说："我用什么态度对你了？"

我发现我还真具体形容不出来他的态度，只能硬着头皮说："反正你的态度不好。"

"因为我让你别跟大师兄联系？"

“也不是……”

“那是怎样？”

我用手指卷着长长的手机链，想撂两句狠话又不是很敢，犹豫再犹豫居然就鬼使神差地把电话挂了，挂了电话后我才意识到我今天真是胆儿肥了，酒壮人胆啊酒壮人胆，虽然在江辰的阻拦下我只抿了两三口。

手机很快就响了起来，我看着屏幕上不停闪烁的“江辰”，咽了咽口水决定不接。

十分钟后，手机又开始闪着江辰的名字，我觉得我应该适时重振一下女性自尊了，于是我一接起电话就气运丹田地吼了起来：“电话断了是我不小心按到的！没接你电话是我上厕所了！”

临阵脱逃是我的业余爱好。

江辰在电话那头冷哼了两声：“开门。”

“啊？”我反射性地朝门口走去，“你不是有钥匙？”

打开门他站在外面，瞪我一眼：“忘了带。”

他绕过我走进门，瘫在沙发上指挥着我：“去给我找换洗的衣服。”

我哦了一声往房里走，走了两步觉得不对劲又调转脚尖走回他面前：“你刚刚不是回家了？”

他拨开我去拿遥控器：“你管我啊。”

我叉着腰又杵到了他面前：“行！我不管你，你也别管我！”

“哦？”他瞟我一眼，突然伸脚到我膝盖后面一勾，我脚下一个不稳扑倒到沙发上，他双脚盘住我的腿，全身重量都压在我身上，压得我上气不接下气。

“你刚刚说谁不管谁？”他把头埋在我颈窝，竟然就贴在我的脖子上缓慢地眨着眼睛，长长的睫毛一下一下刷在我皮肤上，又麻又痒。

我闪躲不开那种痒痒麻麻的感觉，只好缩着脖子求饶：“隔壁老王说不管隔壁老李的太太了……”

他把头埋在我的颈窝低低地笑：“陈小希，住你隔壁很倒霉啊……”

我缩脖子都快缩成王八了，没好气地说：“真的很痒，你快起来。”

他用下巴上的胡茬儿蹭了蹭我的脖子和脸颊，然后抬头挑衅地看着我，眼睛因为蕴满了笑意而显得水光闪闪。

我一时被他难得的孩子气吓得三魂没了七魄，愣愣地用商量的语气跟他说：“那个，我们在吵架，你能不能先起来？”

他迅速地从我身上爬起来，一副什么事情都没发生过的样子：“我去洗澡，你找好衣服后拿来给我。”

我躺在沙发上维持着被压的姿势发呆，直到浴室传来哗啦啦的水声我才慢吞吞地起身去帮他找衣服。

敲了两下玻璃门江辰开了一条缝伸手出来接衣服，热气腾腾地从缝里冲出来扑了我满脸，我还在抹着脸上的水汽就听到手机在响，同时浴室里传出江辰的声音，说洗发精快用完了，要记得去买。

我随便答应着去沙发上找手机，发现响的是江辰的手机，看了一下显示是“大师兄”，我犹豫了一下还是接了。

“江辰，上次跟你说的事怎么样？”他劈头就问。

我说：“我是小希，江辰在洗澡，我让他待会儿回电话给你？”

“嗯，好。”他反常地没多说什么就挂了电话。

我正想把电话放回沙发上它又响了，还是大师兄：“怎么了？”

他支吾了一会儿才说：“小希，你和江辰住一起？”

“嗯，算是吧。”我说。

他沉默了片刻，说：“我有一件事想请江辰帮忙，举手之劳而已，而且有报酬的，你知道江辰这人不是很愿意赚这些钱，不过我想你们如果要结婚什么的，钱还是很重要的，所以你看看能不能帮我说服江辰帮个忙吧。”

我下意识地拒绝：“大师兄，你又不是不知道江辰不会听我的嘛。”

“小希，谁都知道江辰表面上一副不理你的样子，其实最听你的了，你就跟他说你想住个大房子什么的，他就会想办法满足你的要求了，你放心，我说的这事一定不犯法的，真的。”

“那是什么事？”我忍不住好奇。

“我就让他开几张医院证明的病假单给我而已。”

“几张病假单就能让我们买大房子？”我翻白眼，“算了，不管你要他帮你什么，只要他不想答应我都不会帮你劝他，我们不缺钱，用小沈阳的话就是我们不差钱，而且重点是我也不想住大房子，大房子你来打扫啊？”

手机那头一阵沉默，在我开始内疚会不会说得过分了点时，大师兄突然说话了：“陈小希，你现在是不是特看不起我？你是不是觉得我没有你们纯粹高贵？你没试过女朋友因为你买不起名牌给她而跑掉吧？你没试过缺钱的滋味吧？”

我叹气，强忍下想说“我的确没有女朋友跑掉的经验，因为我是女的，哇哈哈……”的冲动，我说：“三天只吃两碗泡面，为了躲房东上门催租每天凌晨一点回家，公交车路程只要少于三站就用走的，晚上冷得只能把所有衣服堆在身上算不算缺钱？不是只有你的难处才算难处的。”

话一说完我就把电话挂了，不敢随便挂江辰电话，我随便挂别人电话也算过个干瘾。

“你什么时候缺钱的？为什么不来找我？”

我转过头去，江辰穿着白色长袖T恤和蓝格子睡裤，脖子上还搭了一条毛巾，皱眉看我。

我说：“没有啊，我随口瞎掰的。最看不惯这种以为全世界他最惨，全世界都欠他的人了。”

江辰望望天花板：“陈小希……你能上我们医院一趟，让我拍个片研究一下你大脑的构造吗？”

我跪趴在沙发靠背上回答他：“可以啊可以啊，如果你们付费的话。”

他抽下脖子上挂的毛巾扔我：“刚刚谁跟大师兄说不缺钱的？”

毛巾砸在我脸上，我扯了下来，招手让他过来擦头发：“不缺钱的是你吧，刚刚一刷就刷了两万。”

“你对那两万很耿耿于怀嘛。”他边朝我走过来边说。

我耸耸肩：“也没有，归根到底是你的钱，你爱怎么花怎么花，我只是仇富心理。”

江辰侧坐在沙发上，我跪坐在他身后有一下没一下地帮他擦着头发："对了，大师兄真的只是让你替他开几张病假单？"

"让我开一本，不是几张，况且就算是几张我也不准备开给他。"

我分开五指，插到他头发里捏一捏头发看还有多湿："为什么？"

他偏一偏头："还没干，继续擦。"

"哦。"我把毛巾盖上他的脑袋揉了几下。

"他这次让我帮忙开病假单，下次就不知道是什么了，可能是让我用医院的名义购入高价药之类的事情，而到时候我因为跟他已经有过这种交易而不得不再和他合作。浑水只要你蹚进去了，就再也干净不了。"他停顿了一下，"这些事情我本来不想让你知道的，你只要负责傻乎乎地过你的日子，看你的漫画就好。"

我脑门滑下三根黑线，用手指戳一戳他头发中间的发旋："你才傻乎乎过日子。"

"喂，我的信用卡也放你那儿吧。"他突然转过头来说。

"啊？"我一愣，"为什么？"

"下次能刷多少钱由你决定。"他拉下毛巾，"头发干了。"

说完就起身走向房间。

我愣愣地看着他一副落荒而逃地朝房间奔去的背影，这孩子怎么这么别扭呢……你妈妈没教过你爱要大声说出来吗……

好吧，落荒而逃的狂奔背影是我自己塑造出来的情景，我觉得这样比较适合他此刻的形象。

夜里我手机短信滴滴地响个不停，我实在困得厉害，就在爬去拿手机的途中趴在江辰身上睡着了，第二天起来江辰碎碎念着半边身体都被压麻了，女人真难养之类的。

在他送我去上班的路上，我掏出手机看时间才想起昨晚的短信，翻开来看竟然是大师兄发的，我晃着手机跟江辰示意了一下：“大师兄的短信。”

他瞥了一眼：“没什么事别回他。”

我耸耸肩：“发了好几条啊……”

我一条一条翻开，为了表述的流畅以及行云流水我就不特别强调第几条第几条了，总之很多条。长度而言是一篇小学六年级学生作文的长度，情感而言比情书大全要更贴近生活，内容思想而言有对过去的追溯、现在的彷徨以及未来的绝望。就标点符号而言，该用的都有用，不该用的都没用……我到底要不要说内容呢，要的要的……

小希，我还记得开学第一天，我那时在厕所，听到宿舍里有一个清脆的女声说我来帮你擦床板好不好。我出来时，江辰在挂蚊帐你在蚊帐里面擦床板，你隔着蚊帐朝我挥舞着抹布说同学你好啊。我当时心里就像被什么撞了一下，你一离开，我就问江辰你是谁，他说是他女朋友。很久以后听你在讲你追江辰的光荣血泪史时我才知道被他骗了。我去质问他，他倒是很坦然，说你本来就应该是他女朋友，时间是前是后没什么了不起的。

看到这里，我忍不住侧头看了一眼江辰，他察觉到我的视线，回扫了我一眼，莫名其妙：“干吗？”

“没有。”我低头继续看短信：

不过我也没多喜欢你，至少认识了你宿舍前凸后翘的王晓娟后我更喜欢她。我老是跟你开玩笑早知道就追你了，其实我是在享受每次讲这话时江辰沉下脸的那一瞬间，让我有一种报复的爽快。知道你们分手时我还买了一瓶红酒回家配电影庆祝，我想说等一阵子你忘了江辰我忘了王晓娟我们就凑合着过，不过我能忘记王晓娟你却不可能忘了江辰。还有我提的那件事很对不起，这些年过去了，你们都没变，变的只有我，我有时也会吓到，我是怎么一步一步把自己逼成现在这个自己都不齿的样子，你大概也无法理解我让你去劝江辰时内心有多天人交战。打了这么些严肃的内容，真的很不像我。最后，希望你们能因为我的短信而吵吵架分分手什么的。

PS，如果你们结婚了就不要通知我了。

我捏着手机一时情绪也有点低落，他说得其实不对，谁都在变，谁都没有过去的那个自己纯粹，这是谁也没有办法的事，就像吃了东西就一定得拉出来一样……不要揍我，请用医学的角度来消化我的比喻……呃……我说的消化意思是理解……理解。

我问江辰："你觉得我有没有改变？我指的不是外表，是行为。"

"有。"他漫不经心地说，"你以前一碗米饭吃不完，现在能吃两碗。"

这位先生，你是来搞笑的吧……

我若有所思地看着江辰："我昨晚一度怀疑你是吃醋来着，后来因为有别的原因我就忘了问你，所以我现在问你，你昨晚吃醋了没啊？"

他面不改色："没有。"

“没有哦……”我挠着脖子自言自语，“可是大师兄发短信跟我告白了……”

一个急刹车，我向前扑去，又被安全带勒了回来，后脑勺撞在车座上咚咚响：“干吗啊？”

“红灯。”他扬了扬下巴让我看窗外。

我抬头盯着红灯看了一会儿，觉得它闪在空中真像魔鬼的一只眼睛，低头才发现手里的手机不见了，转头看江辰，发现他正一脸不屑地看着我的手机。

我傻住，他这行为太令人不齿了，光天化日下偷看良家妇女的手机短信，光天化日呀光天化日！我敢怒不敢言呀敢怒不敢言！

几十秒后绿灯亮了，他把手机扔回我怀里，用平淡而又微微包含不屑的语气下了两个简短有力的评语：“无聊，乱七八糟。”

我看他评价得如此义正词严，也深深检讨起自己来，我看完短信迄今已十分钟有余却一直未能发现其无聊和乱七八糟的本质，我有罪。

两分钟后江辰问我：“你在想怎么回他短信？”

我摇头。

又过两分钟，江辰又叫我：“陈小希？”

“干吗？”我很不耐烦地瞪他。

他搭在方向盘上的右手翘起一根食指指向我右侧的窗外：“卖茶叶蛋的。”

我熟练地从前面放杂物的地方掏出三个硬币，然后按下车窗，伸出头和手：“阿姨，六个茶叶蛋。”

“好的。小姑娘又变漂亮了啊。”阿姨一边利落地往塑料袋里装茶叶蛋一边夸我。

我嘴甜地顺着她的话讲：“看您这么年轻漂亮就知道我变漂亮是吃您的茶叶蛋吃的。”

“哎哟，小姑娘的嘴真甜，我多送你一颗茶叶蛋。”

“谢谢阿姨。”我扭过头对着江辰得意地笑。

他笑着摇头，一副“真是受不了你”的样子。后来我剥茶叶蛋给他吃，七个他吃了五个，平时买六个他只吃四个的，这个剥削别人谄媚奖品的不要脸东西！

车停在我公司楼下，我道别了就想开门往外冲，江辰突然拉住我：“坐好。”

我不明所以地坐好，他抽出几张湿纸巾，拉过我的手一根手指一根手指地缓慢帮我擦着：“剥了茶叶蛋，你到公司一定不记得洗手的。”

我吸了一口气在胸腔不敢吐出来，直直地盯着他细长的手指捏住我短肥的手指细细地擦拭，湿纸巾拂过皮肤有一种古怪的湿润感。我居然就有种受宠若惊的感觉，那种受宠若惊就像原本是班里最不起眼的孩子却突然哪一天被老师叫住拍着肩膀温柔鼓励。但我是那种想敲开老师脑袋看看他是不是被外星人入侵了的那种孩子，我对突如其来的幸运总是无法心安理得地享受。

所以我说：“江辰。”

“嗯？”他头也不抬。

我吞吞吐吐地试图用最温和的语言询问：“是不是……是不是那盒湿纸巾快过期了……你想用完啊？没关系，你可以拿给我，我放在办公室里用，擦擦桌子什么的，过期也不怕。”

他缓慢地抬头看了我一眼，那小眼神之复杂之温柔之千言万语，然后又缓慢地低下头再抽出两张湿纸巾拎起我另一只手擦。

我安静地看着他低头认真的样子，一时间有点时光穿梭的恍惚，那个时候，穿着白色蓝边校服的我和他。

高二那次我在操场把江辰的钱丢了一地后，我就单方面对他发动了冷战，我那时非常的心灰意冷，觉得我再也不要死皮赖脸地缠着江辰了，甚至还威胁自己说要是再去找他我就打电话报警自首，让警察抓我……

我就这么忍着内心的煎熬躲了他一个星期左右，碰到他迎面走来我会立马绕道走，实在绕不过了就蹲下来假装绑鞋带。直到有一个黄昏，我妈让我打酱油，我蹦蹦跳跳地拎着酱油瓶往外跑，在巷子里活生生地撞上背着书包回家的江辰，我一低头发现脚上穿的是我爸的拖鞋，我那时可恨我爸了，我觉得很痛心，这究竟是一个什么样的爸爸，才会穿一双没有鞋带的拖鞋？

仓皇之下我掉头狂奔，由于拖鞋不合脚，左脚踩右脚，我就挥舞着酱油瓶扑倒了。

是江辰把我扶起来的，他让我坐在他家院子大门的门槛上，然后他问我：“哪里疼？”

我垂着头伸出左手手掌：“流血。”

他从书包侧袋拉出运动水壶，拧开就把水往我手上倒，我条件反射地想把手缩回来，他用另一只手握住我的，呵斥道：“别动。”

然后他把校服外套的袖子拉长，套在拇指上替我擦去掌上的血水："还好没进碎玻璃，被沙子擦破皮了，我把沙子都冲掉了，你回家记得搽红药水。"

他低头轻轻地往我伤口上吹气，热热的风拂在皮肤上，我可以感觉到热气唰一下从手心蔓延到我的脸。

"还有没有哪里受伤？"他抬头问我。

"没有了。"我摇头。

他不信，拉了我另外一只手看，然后蹲在我身前不由分说地就把我的裤管捋到膝盖以上。

我心跳得群魔乱舞，我娇羞得泫然欲泣，因为我小时候看过一部甄子丹演的电视剧叫《精武门》，里面有个日本女孩子叫由美，她说过，如果被男人看到脚，就要嫁给他的……

我当时看着江辰皱着眉很认真地观察着我膝盖的样子我就对自己说：你看老天爷安排这部电视剧的播出以及这件事的发生，绝对不是偶然的，它是在暗示你们未来的发展，你就不要再为一点小事斤斤计较，要知道天命不可违……

然后，我就单方面决定我们和好了。

那个穿着白校服的江辰和眼前穿着白衬衫的江辰重叠，眼前的江辰突然抬起头："陈小希，我可以相信你会处理好短信的事吗？"

我大概用了五秒才反应过来他在说哪件事，立马拍着胸脯保证："我一定妥善处理，不留后患！"

我心里的想法是：我们的感情如此牢固，并没有因为苏锐、吴柏松以及张倩容而出现任何的松动，所以就更不能因为莫名其妙的大师兄而出什么岔子了，这道理就好比神农尝百草如果最后没有被断肠草毒死的话当然不能因为喝水呛死，白蛇好不容易报恩成功的话当然不能被广东人抓去煮蛇羹，梁山伯、祝英台好不容易化成蝴蝶双宿双飞当然不能被抓去做成标本……

江辰凑过来以唇轻轻碰触了一下我的嘴角：“很好，快去上班吧。”

我乐滋滋地摸着嘴角去上班，但老是隐隐约约觉得怪，为什么那么多次我剥茶叶蛋也不见江辰替我擦手呢？还有他每次突如其来的温柔，总是温馨之余又让我觉得毛骨悚然啊……我果然对突如其来的幸运总是无法心安理得地享受。

A Love So Beautiful

第十九章

上班这事有时会变得非常乏善可陈，好吧是我客气了，是常常都非常乏善可陈。但是今天不是，今天有个客户让我想骂脏话，想尖叫着跳起来把电脑一脚踹烂，想顺着网线爬到他的电脑从他的屏幕以贞子的姿势爬出来一手扼住他的脖子，提起，摔在墙上。

这个客户让我修改了二十三次设计稿，其中有十次是让我把他们产品图片的背景颜色换了，比如说从#0bdb41的绿色换为#09dc3f的绿色，而这两种颜色谁敢说他用肉眼能看出差别，我就用圆规戳瞎他。

傅沛在办公室里叫着“陈小希给我泡杯咖啡”时，我透过敞开的门凛冽地瞪了他一眼，他就连滚带爬地跑出来给我泡了一杯咖啡。

他把咖啡放在我桌子上：“你别生气嘛，这个客户的产品市场很大的，要不是因为他难缠到了人神共愤的地步也轮不到我们公司，你辛苦了，我去给你买蛋挞当下午茶！”

司徒末一听立马探头出来叫着说我也要蛋挞！

傅沛阴恻恻地看了她一眼：“哦，是吗？会计小姐，那你要不要把昨天我让你做的账交上来呢？”

司徒末缩回了电脑前。

傅沛一走，司徒末就说：“一堆烂账叫我一天怎么做完！我要打电话给我老公哭诉。”

我在旁边笑，听着她打电话跟她老公撒娇：“老公老公，你快点发明个可以把讨厌的人绞成粉末的机器，我要绞了傅沛泡水给你喝……我哪里恶心了，我是给你补身体……”

我想了想，也摸出手机打给江辰，难得电话很快就接通了，因为我打给他的电话常常出现被别人接到的情况，所以我小心翼翼地说：“喂，江辰吗？”

“怎么？”江辰讲话一直很有特色，清晰简短带点冷淡。

我绞着手机带子：“没有啦，只是有一个客户很讨厌……”

“在忙，等下回你电话。”他说，然后喀一声，手机里就传来嘟嘟的断讯音。

我只好收起手机，而司徒末还在有一句没一句地跟她老公抬杠，我偏头看了一会儿她脸上洋溢的张牙舞爪的幸福微笑，也跟着笑了笑。

总是说幸福是相似的，而不幸却是多样的。其实我觉得不是，不幸有很多种，幸福也有很多种，只是能让你幸福的却只有那个人。

你看司徒末的老公能陪着她一直聊是幸福的，江辰毫不见外地挂我电话我觉得也是幸福的。算了……说多了好像我是变态被虐狂似的……

十分钟后手机在包包里响了，我以为是江辰，手忙脚乱地找出来却是傅沛，他说他临时有事要出去，蛋挞买了放在大楼警卫那里，让我去拿。

我把手机拿在手里，跟司徒末交代了一声就下楼去取蛋挞。

警卫是个五六十岁的退伍军人，很幽默很慈爱，我和他聊了两句还劝他尝蛋挞，他说你们这些女娃儿吃的东西甜甜腻腻的，拿走拿走。

我等了两分钟的电梯有点不耐烦了，想说反正公司在五楼就爬楼梯算了，正呼哧呼哧爬到一半手机又响了，这次倒真的是江辰了。

“喂，你忙完了啊。”我一边爬楼梯一边说，“刚刚在忙什么啊？”

手机那头沉默了好一会儿，我都爬了四五级楼梯也没等到回应，于是狐疑地又追问：“江辰？江辰？”

“咳。”他清咳了一声，语气有点不自在和严肃，“你在干吗？”

“爬楼梯啊。”我老实地回答他，“怎么了？”

又是一阵沉默，我莫名其妙地在原地站住，忍不住也跟着严肃了起来："怎么了，发生什么事了吗？"

"呃……你很喘。"他说，停顿了一下，"听起来很像……"

"很像什么？"我一头雾水。

"在床上。"

……

我原本已经抬起要跨上一级楼梯的脚默默地收了回来，对着楼梯间的窗户看着镜子里反射出我的样子，我杵在楼梯上面红耳赤。

"你脸红了？"

"没有！"我斩钉截铁地回答。

他沉默了两秒钟，然后开始持续不停地低声笑："哈哈……脸红了……哈哈哈……"

我气得咬牙切齿："江辰！我要杀了你！"

于是我在他停不下来的笑声里慢慢地、一声不吭地、大气不敢喘地爬回了公司。

我把电话夹在肩膀和耳朵上听着江辰断断续续的笑声，招手让司徒末过来吃蛋挞，司徒末用嘴形无声问我："男友？"

我笑着点点头。

"陈小希，傅沛都不爱我了，他现在只爱你……呜呜……蛋挞也只买给你吃……呜呜……"司徒末突然笑着用哭腔大声说。

耳边江辰的笑声戛然而止，我瞪着司徒末："司徒末！信不信我掐死你？"

她摇头晃脑地对我扮鬼脸。

我最后狠狠地剜了她一眼，捧着那盒蛋挞走回自己的办公桌坐下：“你别听我同事胡说哦。”

我拣起一个蛋挞咬了一口：“她很无聊的。”

江辰说：“嗯。你刚刚说客户怎么了？”

“那个死客户吹毛求疵得要死，老是让我不停地改稿，改的又都是一些无关紧要的东西，我真是气都气饱了。”我泄愤地把手上半个蛋挞一口气塞到嘴里。

江辰说：“气饱了你还能吃蛋挞。”

“这不就是个比喻嘛，我咳咳咳……我……咳咳……”我被蛋挞外层的酥皮屑呛得咳个不停。

他呵斥我：“别说话。”

等到我的咳嗽渐渐平息，手机里传来长长的一声叹气：“我挂电话了，吃个东西都能呛成这样，那个蛋挞别吃了，等完全不咳嗽了就喝杯水润一下喉咙。”

电话又喀一声断了。我可以想象得到江辰翻着白眼无语问苍天的样子，他就算是很不耐烦的样子也是很可爱的呀。

下班傅沛说请我们一起去吃第一顿迎接冬天的火锅，下楼时我居然在公司楼下看到一辆很像是江辰的车，但由于江辰的车就是普通的银色小轿车，长得实在大众脸，所以我踌躇了一下才和司徒末、傅沛说：“好像是我男朋友的车，我过去看看。”

傅沛吹了个口哨：“奥迪A5，陈小希你男朋友收了不少红包吧？”

“所以四个圈是奥迪？我一直叫这种奥运车耶。”司徒末说。

我忙不迭地点头，有种找到知己的感动：“对啊对啊，奥运五环旗缺一个圈嘛。”

傅沛翻了个白眼：“真是受不了你们俩，没听过一句伟大的话啊，我们要努力奋斗，为了我的迪奥你的奥迪。”

司徒末和他辩驳着奥运和奥迪其实也只有一字之差，我在旁边瞎附和。直到车缓缓开到我们身边，车窗降下，江辰坐在里面叫：“陈小希过来。”

“咦，真的是你呀。”我连蹦带跳地跑过去，“傅沛说这车很贵，我还想说那我应该是认错了。”

江辰下车，伸手：“你好，我是江辰。”

我一愣，想这演哪一出啊，只好配合地伸出手去，还没握上就被谁从身后莫名其妙地推了一下头，抬起头时傅沛已经和江辰把手给握上了：“你好，我是傅沛。”

我摸着头瞪傅沛：“我这毕加索的脑袋也是你能推的？”

傅沛说：“你的脑袋倒是真的很抽象。”

我朝他挥挥拳，江辰拉我让我站他身边。他跟司徒末也握了手，还笑着说了句“久仰大名”。

寒暄完毕，我跟江辰说：“你今天怎么有空来？我们正准备去吃火锅呢，老板请客。”然后我问傅沛和司徒末，“我能带家属吗？”

“当然。”

于是在我和司徒末的怂恿下，我们一行人来到号称本地最贵的火锅城，点的是鸳鸯锅，清汤那边是特地留给江辰的，他胃不好，吃不得辣。

江辰其实喜欢吃辣，但是一吃就胃痛，屡试不爽，比我爸一吃海鲜就拉肚子还灵。

当他偷偷把筷子伸向辣的那一边时，我适时地觉得喉咙有点发痒，也就顺势干咳了两声，就是不知道为什么敏感的江同学怎么就一脸心虚地把筷子收回来了呢。

“末末宝贝，帮我递一下那个酱。”傅沛说。

司徒末白他一眼：“是要跟你说多少次不要叫我宝贝你才听得懂？自己拿。”

傅沛又改来哀求我：“小希，亲爱的，替我拿一下酱吧，我一手牛肉一手羊肉正涮着呢，待会儿我分两片给你。”

江辰拿了酱汁拧开倒在傅沛碗里。

傅沛笑眯眯地道谢：“江辰，听说你和小希的老家是一个地方的啊，你们那里叫什么来着？”

“Z县。”江辰说。

傅沛哦了一声，又随口说：“你们那里是怎么样的呢？”

我一听觉得当然要趁机夸奖一下故乡，故乡的风土人物，一般文学作品大家都对故乡有着极其深厚的感情，详情请参照以一篇《边城》带动湘西凤凰古城旅游业发展的沈从文。

可是我还没来得及组织好语言江辰就开口了，他说：“喔，我们那儿是个小地方，我们那里的人不随便叫人亲爱的。”

……

此话一出，有尴尬，有震惊，有大快人心。

江辰他、他竟然趁着大家还在回味那句话，默默地从辣锅那边捞了两片白萝卜……

江辰吃完火锅送我回家后就说他得回医院值班，我对此感到万分惊奇，我说：“难道你特地跑来蹭饭吃？”

他很酷，反问：“不行吗？”

我用力地表扬了他这种会过日子的行为。

他是早上五六点回来的，天色黑中泛青，我还在睡，他压在我身上用脸颊和鼻子在我脸颊、脖子、肩膀来回磨蹭，我勉强撑着眼皮拍拍他的头问：“累不累？会不会饿？”

说完不等答案，我倒头就睡，再无任何记忆。

七点半闹钟响时我惊醒，发现江辰就趴在我身上睡着了，他一定是故意的，为了报复我昨晚不小心压着他睡着……

我好不容易把他挪到床上，帮他解了衬衫的两颗扣子，脱了他脚上的袜子，然后打着哈欠去洗脸刷牙。

电梯里遇到傅沛，他一副萎靡不振的样子，我跟他解释：“昨天的事不好意思啊，你别介意，江辰那人讲话就那样，他没恶意的。”

他揉着眉头：“你家那口子怎么说我还真无所谓，只是昨天送司徒末回去的路上被她嘲笑了一路，送到门口遇到顾未易，她迫不及待地把事情说给顾未易听，我又被顾未易嘲笑了一番。”

顾未易是司徒末的老公，而傅沛是司徒末的初恋男友，傅沛和顾未易是大学室友，而据说当年傅沛对待感情问题上比现在更浑蛋，属于“万花丛中过，沾花沾叶沾施肥的粪便”那种人。所以司徒末对他死了心，改投入顾未易的怀抱。傅沛猛然醒悟浪子回头，而司徒末去意已决……总之他们之间有过故事，谁是谁非我不怎么清楚，但司徒末和顾未易成了一对，这倒是可以知道在他们的故事里傅沛绝对是个配角，而千错万错都是配角的错。

傅沛对着电梯的镜面扒了两下头发："陈小希你说生活如果是小说的话，我是不是得罪作者了啊？"

我摸着脖子但笑不语。

中午休息时我打电话给江辰，他说他已经回去上班了，竟然在电话里用低低的嗓音很庄严地跟我宣布他胃痛。

我说："胃痛你把昨晚偷偷吃下去的两片辣萝卜片吐出来。"

他说："不吐，好不容易才有机会偷吃上一点辣的，要回味三天。"

我无奈："记得要吃药。"

他说；"你好啰唆，我忙去了。"然后挂了电话。

我有时会被江辰偶尔出现的这种无意识的小耍赖情况唬得有点傻住，就像大学时有一次我和他闹别扭，我从网上买了一套橘红色的情侣装，他说什么都不肯穿，我那个气呀，主要是因为衣服是用钱买的，不穿就是糟蹋钱。我就天天在他耳边唠叨耍赖，我说不陪你晚自习了，除非你穿那件衣服；我不帮你打饭了，除非你穿那件衣服；你别拉我手别搂我腰，除非你穿那件衣服……

有一天他被我烦腻了，在帮我写证券技术分析作业（选修课）时突然把笔一丢学着我的语气说，我不帮你做作业了，除非你别再逼我穿那件衣服。

我看着他那气鼓鼓的小脸，觉得哎呀怎么这么可爱，哎呀穿上我那橘红色的情侣装会更可爱啊……

不过我让步了，因为我母性大发，觉得必须让江辰这点小小的愿望成真，所以衣服就压箱底了。

当然江辰不会承认他也有耍赖的时候，他说他只是模仿我的行为，也叫师夷长技以制夷。

我说你就嘴硬吧。

他说："我是啄木鸟。"

……

江辰是我的软肋，他扮酷是帅耍赖是帅嘴硬是帅，甚至讲冷笑话也是帅。

下午傅沛带来了那个刁钻的客户，这是我和那个客户第一次见面，我以为以他尖酸刻薄的程度，他至少应该长得与众不同一点，不管是与众不同的丑还是与众不同的美，总之应该让人一眼就记住说"啊，这不是个好人"之类的。但是他只是个三十来岁的男人，长得再普通不过，而且还很是憨厚老实的样子，这让我觉得很难过，你说你长得人畜无害又何苦这么丧尽天良？

出人意料地，客户夸奖了我，甚至说他很喜欢我画的插画。他们的产品是一款点读机，我们公司负责说明书封面封底设计，我手痒在封底画了一幅四格漫画——一，一个带着黑框眼镜看起来很凶的老师站在点读机上指手画脚；二，一个坐在课桌旁手托着下巴翻着白眼的小朋友；三，小朋友伸出手指点一点点读机；四，老师像一个被针扎了的气球一样咻一下飞远。

他说他们公司将针对这一系列的点读机出一些周边产品，像是一些小本的漫画，问我有没有兴趣接漫画，一切将会完全按照我的意愿来画，按照漫画出版规格来做。

我震惊了，眨着眼睛望着傅沛，傅沛笑着点点头，替我把话题接过："阮先生，那我们来聊一聊这次合作的价格吧。"

我很快被傅沛找了个借口赶出了办公室，他说我那副天上掉馅饼的模样很不艺术家，而艺术气息将会影响价格的走向，简而言之，就是我傻乎乎的模样会影响他把我吊高来卖。

我出了办公室门就给江辰打电话，因为兴奋而显得语无伦次，幸好江辰能听懂，无论我多么胡言乱语，他总是能听懂的。

他说："陈小希你最想做的事要实现了，你这么多年无所事事看的漫画也没白看啊。"

我一直在傻笑，他说："好了好了，别笑了，下班后我带你去庆祝。"

下班时间他真的准时出现在我公司楼下，我上车第一件事就是扑向他，我搂着他的脖子在他耳边尖叫："江辰江辰，我会出漫画书耶！我会出漫画书耶！"

他掰着我的手："是的，但你也别把我勒死啊。"

我不管，把他的脖子勒得更紧，冲着他的脸又是亲又是啃的，不亦乐乎。

涂了他一脸口水后，我心满意足地坐好系安全带，他问我："想去哪里吃饭？"

"本来他们说一起吃饭庆祝的，但傅沛一听到你来他就发怵，哈哈。"我说。

他耸耸肩，理直气壮："我看你和司徒末都不是很喜欢他对你们的称呼，我不过是纠正他对同事的称呼而已。"

我捶了他一拳："去吃东北菜好不好？我想吃饺子了。"

"嗯。"

在等待菜上桌时我看到了吴柏松带着胡染染进门，我们坐的位置偏又刚好被一根柱子挡住了，所以我看到了他们，他们却没有看到我们。

江辰也看到他们了，摇头跟我说：“吃饭，别过去。”

他们在离我们不远的地方坐下，我听见胡染染说：“别点太多，吃不完浪费钱。”

我想起那天她在宴会上穿着红花青底的旗袍用嘲讽的口吻说着飞到哪个国家吃什么东西，还有她怎么吃那些粒粒饱满的鱼子酱。那时她眉梢眼角有一种惨白的风情，却远没有现在低眉顺眼说着浪费钱美丽。

我想女人愿意为了男人省钱至少要比只想花他的钱要爱他吧。

然后一盘一盘不同口味的饺子上了桌，我内疚地跟江辰忏悔：“早知道就别每种口味点一份了，显得我很不会持家。”

江辰夹了个饺子塞我嘴里：“吃吧，啰唆。”

他塞进来的饺子是白菜馅儿的，一咬下去喷了我满口的汁，他苦笑着拆纸巾让我擦嘴。

我们离开时吴柏松和胡染染还在吃，我把剩下的饺子都打包，将要过好几天吃饺子的日子了……

在回家某个等红灯的空当中，江辰突然漫不经心地说：“哦，忘了跟你说，我爸妈明天来。”

……

要知道我原本是沉醉在我要出版一本漫画、这世界真美好的感动中，这种感动甚至在看到胡染染和吴柏松时也觉得世俗不过是世俗，而爱情永远是爱情。但这样的感动就像在阳光下五颜六色的肥皂泡，它不禁戳。

我沉默了很久很久，江辰把车停在楼下，车灯照得车前的路一片光亮，一片被黑暗笼罩着的光区。飞蛾飞蝇飞蚊一切会飞的小生物在光束里疯狂舞动，像是参加一场告别派对。

江辰握住我的手："你在想什么？"

我不知道怎么回答他，我垂着头看着我们交握的手，我轻轻地用食指揉动他食指指节的那根骨头："我在想，你妈妈再见到我，还会觉得我配不上你吗？"

他沉默地握紧我的手，他不擅长安慰人或者调节气氛，所以这样的事必须由同样也不擅长的我来承担。

我摸着他的脸说："这位先生，下次请不要再用'今天天气很好'的语气播报着'动物园的狮子跑出来咬死人'的新闻。"

他拉下我的手，眼睛里有一种东西叫坚毅，他说："我们不会重蹈覆辙。"

我笑一笑："但愿。"

但愿。

但愿阳光总在风雨后。

但愿风雨过后有彩虹。

但愿人长久，千里共婵娟。

但愿雁字回时，月满西楼。

A Love So Beautiful

第二十章

夜里我做噩梦，梦到一间空房里只有我和江辰的妈妈面对面坐着，他妈一脸高深莫测地盯着我看，像在看一条被她捏在食指和拇指间的虫。

我惊醒，江辰在身旁睡得正酣，月光从窗外透进来，给整个房间都披上了乳白色半透明的薄纱。

我伸手轻轻拨开贴在江辰脸颊的头发，小声地说：“其实我真的怕你妈，怎么办？”

他依然沉睡着，我叹口气坐到床边，用脚找了很久的拖鞋都没有找到，才想起我是被江辰直接从浴室扛到卧房的……

我到厨房倒了一杯水，到浴室门口找到拖鞋，趿着拖鞋到阳台看着路灯喝水，天色将亮，上次江辰被我丢下去的衣服还散落在三楼那家人支出来的篷布上。江辰知道时吓唬我说要把我的衣服都丢了。我手里有他的信用卡，所以我一点也不害怕。

“小希。”

我回头，江辰抱胸倚着阳台门，黑暗中我也看不清楚他的表情，他说：“在想什么？”

这是今晚他第二次问我在想什么，而我依然在想他妈会不会觉得我配不上他。

我摇摇头：“做噩梦。”

他走过来从背后环住我的腰：“梦到什么？”

“妖魔鬼怪。”

他搂紧我，暖暖的体温缓缓地从他身上渡到我背上，他说：“陈小希，你不能害怕了就跑。”

我开玩笑：“那要看你妈这次的火力程度了。”

他突然抬手用虎口卡住我的下巴，用力掰转过我的脸，从我身后侧吻了上来。我能感觉到他的不安，他的舌尖探进来时还带着微微的颤抖，这样的颤抖像是带着细小的电流，那电流吸引着我靠近一点，再靠近一点。

唇舌辗转间我听到他恶狠狠地说：“陈小希你这次再跑的话我们就没有下次了，我说到做到。”

我想说这位先生您是怎么做到贴着我的嘴还能讲出这么一大段话的？我还想说这位先生您用这么激烈霸道的表达方式跟您一贯冷漠镇定的形象不符，您这样的表现显得角色不入戏，很不敬业呀。

江辰松开我时我必须攀着他才能稳住发软的脚，他捏捏我的脸："你的眼睛里都是雾气。"

我没明白过来，主要是这句话和上一句话表达的内容差距太大，他思维太跳跃，我有点跟不上。

第二天上班都是在浑浑噩噩中度过，甚至连傅沛跟我说他把出版漫画的事谈成了，还谈了一个很不错的价钱时，我也仅是扯了一下嘴角表示我其实很开心只是面部表情不给力。

快下班时接到江辰的电话，他说他现在走不开，让我去机场接一下他爸妈。这让我觉得很不合理，不合理的地方在于接他们的地点——机场，什么样的人会在两地就是"起飞——唱一首流行歌——降落"这样的距离下选择飞机这样的交通工具？答案是：生怕别人不知道他们有钱的有钱人。

傅沛很好心地送我到机场，当然我觉得他可能是预感到我将会成为漫画界一颗冉冉升起的新星，所以他现在必须巴结我。

我在见到江辰爸妈之前一直是很紧张的，甚至几次紧张到一深呼吸就有作呕的冲动，我还自我安慰说实在不行我就假装怀孕吧，她不要儿媳妇总不能不要孙子吧？或者说一见面我就为当年的年少无知做一段声情并茂的忏悔……总之我心里做了很多的自我建设，告诉自己千万不要因为她而觉得受伤，要坚持巴结原则，她打完我左脸我就凑上右脸去……

但在我看到他们的那一刻，我彻底释怀了。打个比喻，我原本指望她对我的厌恶是扇一巴掌就能解决的，没想到她觉得必须要腾空飞踢我才能解恨，而我又不愿意被飞踢，所以就算了吧。

用了这么个精妙的比喻我还没有说清楚具体发生了什么事，具体就是江辰他妈带了一个女的，不巧那个女的我认识，并且很长一段时间都痛恨着，那个女的叫李薇。她高中时期一直以阴魂不散的姿态在江辰身边晃悠，每每让我见了就觉得哎呀这女的怎么比我还不矜持啊……

我相信江辰他妈不会神通广大到知道我在心里默默地讨厌着李薇，但我也相信江辰他妈不会无聊到带着李薇来参观城市建设，最重要的是我相信江辰他妈看我的眼神里并没有一种我们称之为善意的东西。

但虚与委蛇是必须的，我毕恭毕敬地说："叔叔、阿姨好，我是陈小希，江辰有事来不了，让我来接你们去医院和他碰面。"

江辰他爸点点头："你好。"

江辰他妈从鼻孔发出介于"嗯"和"哼"之间的一个微妙音节。

倒是李薇很热情地来拉住我的手："小希，好久不见，你变漂亮了。"

我干笑："你还是这么漂亮。"

我阴暗地认为她说"你变漂亮了"是在暗示我以前很丑，所以我理所当然地更讨厌她了……

虽然我讨厌李薇，但我还是不得不承认李薇很漂亮，她的漂亮还透着那么股聪明劲儿，用司徒末评价她老公的科学家的美女同事的话来说就是：美貌与智慧并重的女人，最招人讨厌了。

在出租车上我努力寻找了两个端庄的话题想要跟长辈拉近距

离，这两个话题分别是坐飞机会不会晕机和飞机餐好不好吃。其实我还有很多话题的，像是空姐漂亮吗，身材好吗，裙子短吗？但鉴于他们对我前面两个话题的参与热情不高，我也就不再多说什么。

快到医院时我打电话让江辰出来大厅等，但我们到了大厅还是没见到他，于是我又给他打电话，他说在过来的路上。

一分钟后，穿着白袍的江辰出现在大厅，他的视线扫到李薇时停顿了一下，询问地看向我，我耸耸肩。

江辰和他爸妈似乎也有点疏离，不过这个可以理解，江辰的脾气怪，他家两老更怪。

简单说了几句话，江辰他妈说："找个地方吃饭吧。"

江辰脱了白袍递给我，我把它叠好了塞在包包里，他接过李薇手里的行李袋，这个行李袋一路上李薇揽得死紧，生怕我冲上去拎了就跑似的，而且行李袋之大，我怀疑里面藏了一具死尸，或者一个奸夫。

路上江辰小声地跟我解释，李薇的爸爸是我们镇里的教育组组长，和他爸是好朋友，这个我明白，镇长组长什么的肯定是好朋友。

吃饭时江辰他妈好像突然想起我的存在似的："陈小姐现在在哪里高就？"

"叫她小希就可以了。"江辰抬头说。

我忙回答："在一家设计公司。"

"外企还是国企？"

我吞一吞口水："民企。"

"哦，规模如何？"

我说："三个人。"

在场的人除了江辰都停了筷子诧异地看我，这让我怀疑我刚刚是不是口齿不清把"三个人"说成了"杀了人"。

半晌后江辰他妈又说："陈小姐有没有考虑过换工作？"

我觉得她比较想问的是"陈小姐有没有考虑过换男朋友"，可是不好意思呀这位太太，我缠了你儿子太多年，半途而废的话会显得我为人很没有毅力啊。

于是我摇摇头："没有。"想一想又补充，"我很喜欢这份工作。"

她已经不再费心掩饰她那鄙视的眼神，直接忽略我对江辰说："江辰，李薇辞职了准备要考你们学校的研究生，所以打算在这里住一段日子，你那儿反正空了一个房间，让她住你那儿，你李叔叔他们也比较放心。"

江辰头也不抬："不方便。"

"怎么不方便？"她把筷子啪一下拍在桌子上，声音之大让我怀疑她内力深厚，我甚至怀疑等一下服务生收拾桌子时必须把筷子从桌子里抠出来。

因为我在胡思乱想所以做和事老的良好机会没赶上，反而白白落在了李薇手里，对此我很痛心。

李薇笑着拉着江辰他妈的手："阿姨，您别生气，的确是不怎么方便，我住旅馆就好了，反正也不是多长时间的事儿。"

我在桌子底下踢了江辰一脚，他抬头疑惑地看着我。

呃……其实我也不知道为什么要踢他，只是突然觉得气氛到了……

江辰他妈不依不饶："怎么不方便了？你和李薇从小一起长

大，长辈们都信得过你们，而且让一个女孩子独自住旅馆太不安全了。”

我秉着机不可失的精神立马跟着话尾拍马屁：“是啊，非常不安全。”

不过似乎我的身份不适合讲这样的话，因为我一讲完饭桌上又陷入了沉默，于是我缩缩头决定接下来我打死都不说话了。

“你也不想想房子是谁买的？”江辰妈拍着桌子，“难道我连邀请朋友来住的资格都没有吗？”

江辰不再说什么，只是把我挂在椅子上的包包拿下来，从里面找出他家的钥匙，然后递给李薇：“我妈说得也没错，你一个女孩子家住外面的确不安全，这是我家的钥匙。”

情节急转直下，江辰突如其来的通情达理让还在表演火冒三丈的江辰妈也愣在当场。

江辰又从口袋里掏出车钥匙递给李薇：“我记得你有驾照，在这里有辆车出门方便点。”

李薇这下不敢伸手接了，用求救的眼神看向江辰妈，江辰妈又看向江辰爸，江辰爸沉声说：“江辰，你这是干什么？”

江辰把钥匙放在李薇手边，语气倒是很平和：“这本来也不是我的车。”

我的心都提到了嗓子眼了，手在桌子下拼命扯着他的衣摆，心想你要叛逆什么的也不要挑我在场的时候啊，这不知道的人还以为我怂恿你呢。

他握住我的手看了我一眼，这一眼意味深长，但我没明白过来，等到我明白过来已经来不及阻止了。

他说：“爸、妈，我跟你们说过了，小希是我女朋友，我现在跟她住在一起，我们想结婚，希望得到你们的同意。”

“我不同意。”江辰他妈说。

我心想我也不同意啊，我还没被求婚呢……

江辰握紧了我的手：“不同意也没关系，当年我考大学选科系你们也都不同意，而且你们也不同意我当医生。”

我的心情介于“拜托你闭嘴别害我了”和“站起来鼓掌说好帅”之间，很矛盾。

眼看江辰的爸妈就要发飙，却传来叩叩的两声敲门声，服务生进来问：“有什么可以帮到您的？”

我这才发现包厢里的服务灯是亮着的。

“埋单。”江辰递给那服务员一张信用卡，一直在我包里的信用卡不知道什么时候到了他手里。

服务生退出去后，江辰说：“李薇，钥匙我都给你了，你也认识我家的路，吃完饭就麻烦你送我爸妈回去休息，我今晚有手术，明天休假再带你们出去逛逛。”

说完他也不管他妈拍着桌子说“你给我坐下”，一把拉起我：“送我去坐地铁，我没有地铁卡。”

我一边被他拖着走，一边回头：“叔叔阿姨再见。”

江辰走在前面，我在身后攥着信用卡亦步亦趋地跟着，走了有二十来分钟，他停下脚步，我加快了脚步走到他身旁和他并肩。

他牵着我的手缓缓向前走：“陈小希，我小时候他们常吵架。”

我安慰他：“我爸妈也常吵架，我妈还说要用菜刀把我爸剁成肉沫包饺子。”

他低头看了我一眼："你瞎掰的吧？"

我摸摸脖子："这你都能看得出来。不过我想说，你刚刚那种表现，让我感到压力很大啊。"

他不理我："常常是我在琴房练琴，他们就在外面互相诅咒，拼命地辱骂对方的祖宗十八代，或者拼命地用言语侮辱质疑对方繁殖下一代的能力。作为和他们同样祖宗又是他们下一代的我，感到压力很大。"

我抬手拍拍他的肩膀："贫嘴不是你的路线，不能帮你修饰出一个浪荡不羁的形象。"

他掐我的脸："真烦，你说他们怎么不离婚呢？"

我实事求是地分析："离婚的话他们对上级不好交代。"

他笑了："你怎么知道对上级不好交代的？"

我说："我小时候觉得我妈很凶，劝我爸娶别人，他就是跟我说对上级不好交代。"

江辰又伸手来掐我的脸："怎么天大的事到了你那里都变得很搞笑？"

这大概就是传说中的——天赋。

"走吧，咱们坐地铁回家。"江辰松开牵着我的手，揽着我的肩，"我没钱没地铁卡……"

恰好是下班时间，地铁里塞得跟咸鱼罐头似的，我后背抵着车厢壁站着，江辰站在我面前，双臂撑在我身体两边，替我把人群阻挡开去。

我仰头看他，眯着眼睛一直笑，他被我笑得莫名其妙："干吗？"

我说："嘿，电视里男女主角如果在拥挤的车上一定会有一个这样的姿势，用身体挡开人群，你好浪漫啊。"

他一脸"真是受不了你"的表情。

我站直，倾靠过去笑眯眯地搂住他，脸贴在他胸膛上，双手搂在他腰后交握。

我说："江辰，我明天可不可以不请假陪你爸妈，我明天得和客户商量漫画内容，而且很久没被人看不起了，我得缓缓。"

其实我是觉得明天我在场的话场面不知道又要多尴尬了，还不如别出现扫兴。

他点头："可以。"顿了一顿，他又说："委屈你了。"

我摇头，看着他的眼睛："江辰，我好爱你啊。"

他有点不自在地别开眼，低声发出一个"嗯"的声音。

过了五分钟，他突然低头问我："怎么办？我现在没房没车了。"

我假装很认真地沉思起来，过了一会儿才笑着说："这样吧，你忍我好吃懒做，我就忍你没房没车。"

他笑着低头用他有酒窝那边的脸颊，轻轻地蹭了一下我的脸颊。

还有两站到家时江辰的手机响了，他从外套口袋里掏出来看了一眼又塞了回去，我伸进他的口袋把手机找了出来，按通了举到他耳边。

他低头瞪了我一眼，不情不愿地对着手机叫了一声："妈。"

然后是长达五分多钟的沉默，在嘈杂的地铁里我只能勉强听到像是"死""滚"之类发音简短感情色彩丰富的字眼，可能是小学时造句的作业做多了，我根据他妈平时的行为作风，用我现在听到的只言片语造了一些句子：你让那个死女人滚！要么我死，要么她滚！死人，是不会滚的……好吧，我小时候造句常因为异于常人而被老师批评。

最后我听到江辰沉声道："我不会听你的，就这样吧，我现在有事。"

我想说我要是这么跟我妈讲话，她会把我塞回子宫，用羊水淹死，用脐带勒死。

江辰大概气坏了，他挂上电话后把手机往我外套口袋里一塞，再也不发一言。

我摸着口袋里的手机心里一阵忐忑：我要不要提醒他这是他的手机呢？他会不会恼羞成怒说手机不要了，然后就便宜了我那颗想换手机的心……

地铁靠站时我推了推江辰说到了，他拉着我的手随着人潮往外涌动，我们一度差点被人潮冲开，后来江辰干脆拉了我圈在怀中往前走，好不容易逃出地铁口，江辰松开我叹了口气："没有车看来还是不行的。"

我嘲笑他："少爷，您有多久没坐过地铁了，大学时也不见你抱怨过。"

他不以为意："大学要是没有我，你都不知道要在地铁和公交车里哭几回。"

我拉着他袖子的手指忍不住捏紧了一些。

我们都是从小地方上城市里来念大学的，我们那里一踏出大街就有笑容憨厚的大叔骑着看起来会散成一摊零件的摩托车问你，孩子要去哪里啊？所以大学时我看到蜘蛛网一样的公交车和地铁路线就傻掉了。于是我无论去哪里都是跟着江辰，他负责带着我在那些复杂的公交车地铁线中来回转换，我从来都不用花心思去想哪条线到哪里，从来都不需要担心坐错方向。

后来毕业刚开始工作那阵子他还特地带着我坐了很多趟公交车地铁，从他实习的医院到我住的地方再从我住的地方到我公司，再从我公司到他实习的医院，他还编了一段口诀让我记住——“医院公司，过马路304；家里公司，过马路507；家里医院，过马路216”，他说你要记住，口诀里的地点倒过来时坐同样的车，但是不用过马路了。我说知道了知道了，我哪里有那么笨。虽然知道了，但我还是偶尔会坐错，坐错后就随便找个站下车然后涎着脸打电话给江辰，让他来领我回去。

再后来我们分手了，我换了公司和住的地方，小心翼翼地在本子上记了每一条路线，但还是频频坐上反方向的车。某次加班回家，一上公交车我就开始抱着车柱子打盹，醒过来时发现公交车路过的地方我完全不认识，情急之下掏出手机想打电话让江辰来救命，在按下拨出键的那刻我猛然醒悟过来，抱着柱子就开始疯狂地流泪，不知道的人还以为那柱子是我失散多年的生母。

那时我身旁站了一个头发染得像夏日雨后彩虹的女孩子，她嚼着口香糖悲悯地看着我：“你没事吧，是不是哪里疼啊？”

我说：“我坐错车了。”她听完一愣，然后也快哭了，她说：“你害我把口香糖吞下去了。”

然后我也一愣，接下来我就看着她一直哭，眼泪与鼻涕齐飞的那种哭法。我说：“对不起，我不是故意要害你把口香糖吞下去的，不然我赔你一条口香糖好了。对不起我不是故意要坐错车的。对不起我现在才想起我真的没有人可以依靠了。对不起我不是故意要哭的，对不起你不要怕我，我真的不是神经病。”

那个彩虹女孩在听到“神经病”这三个字时默默地往旁边横着挪了几步，停站时车门还没完全开启她就掰着门飞奔了出去。

我叹口气，如果时光能倒流到那个时候，我真的很想，很想心平气和地跟那个彩虹女孩解释，解释我突如其来的无助，解释我突如其来的想念，解释我真的不是神经病……

人生啊，你有时很难衡量，是从来没有得到过痛苦还是得到了又失去痛苦。我松开了江辰的袖口，抓住他的小指晃了两下，总归还是失而复得比较幸福。

江辰反手微微用力握住我的手：“别晃。”

我撇嘴，扭头看到路旁有卖烤红薯的：“看，烤红薯。”

“哦。”他说。

我停了脚步不肯走：“我想吃。”

“不干净，烧烤致癌。”他又说。

我明显看到烤红薯的大叔表情一僵，一副要丢火炭过来的模样，只好先掐着江辰手臂的肉拧了一圈：“胡说，烤得那么香，你现在就去给我买。”

小时候我要是揍了别家小朋友被投诉，我妈肯定抢在人家的妈妈开口前就对我进行一番又打又骂，她说那叫先下手为强，这样人家妈妈也不好意思多说什么，我倒是觉得人家妈妈是怕一开口撩起我妈的脾气，我妈会失手把我打死……

江辰一脸无法置信地看着我，我觉得他是没料到我这么温柔得能掐出水来的人也会家庭暴力。

我恶狠狠地瞪他：“给我买红薯！”

“买就买，发什么神经。”他一边嘟囔着一边掏钱包，“老板，麻烦给我两个烤红薯。”

老板用纸袋子包了两个红薯递过来，末了还不忘强调两句：“我的红薯吃了强身健体，什么致癌都是胡说八道。”

江辰一愣：“不好意思，刚刚吓唬我女朋友来着。”

拿到热腾腾的红薯后我坚持要边走边吃，江辰说你就吃吧，离我远点，我不想让别人知道我认识你。

我一剥开红薯皮，一股香喷喷的热气就扑进鼻腔，一口咬下去只觉满嘴绵绵密密都是红薯的香气。

我举了红薯到江辰嘴边：“很好吃，你吃吃看。”

他避开，拿着手里的红薯给我看：“难道我没有吗？”

“咬一口嘛。”我劝他，“真的很香，你现在不吃的话此生一定都在悔恨中度过，相信我。”

他拗不过我，最后只好勉为其难地咬了一口，只是这一口就咬去了我大半个红薯……心疼死老娘了。

回家的路程走路也才十分钟，但我为了把两个红薯都分吃下去，硬是走了二十多分钟还没走到小区门口，江辰火了：“你自己在路上吃吧，吃完了记得回家。”然后他就气冲冲地回家了。

我带着满足幸福的微笑在楼下把红薯吃完，期间还引得三楼黄太太的女儿在地上滚了一回说妈妈我要吃她的红薯。

罪过罪过。

回到家时江辰在看球赛，我扑上去揍他：“谁让你丢下我就跑？”

他不躲不闪，笑着任我又掐又咬：“反正你死活都会跟上来。”

……

这种被吃定了的感觉实在很叫人气馁，可是我又有什么办法呢，也许所谓爱情也不过就是那样一种心情，那样力不从心无可奈何。运气好的甜蜜；运气不好的伤心。

我枕在江辰的大腿上，用手指摩挲他的下巴，没想到他看上去干干净净的样子倒是有胡茬儿，摸上去刺刺的却不扎人。我感觉就像是小时候偷偷打开爸爸的工具箱，摸到那被爸爸用旧了的砂纸。

江辰低头把视线从电视上移到我脸上，若有所思地看了我一会儿，才说："你这样躺着，脸好大。"

……

我记得有那么一种说法，如果一个男的很喜欢很喜欢一个女的，他就会忍不住想要欺负她，看着她哭丧着脸的样子他就能够得到一种心理上莫名其妙的变态满足。我决定以后就坚持这样的说法一百年不动摇，不然日子真的没法过了。

A Love So Beautiful

第二十一章

第二天我照常上班，江辰去陪他爸妈和李薇，期间他打过电话给我，说是在一个什么园看雕塑，我一听“雕塑”这两个字骨子里的艺术家细胞就开始狂吼叫器，假设我的艺术细胞是有嘴的。

我问江辰说那是什么样的雕塑？他说人、动物。

我又问他说那用的是什么材质？他说金属、石膏。

我又问他那线条优美吗？他说不是直线。

我最后实在无奈，只好跟他说那你跟我讲讲你印象最深刻的一个雕塑吧。他说有一个仰头下巴朝天的屈原铜像让他印象很深刻，因为颜色很跳脱。

我一听很兴奋，追问说颜色怎么个跳脱法？他说整个铜像是金铜色的，但是在屈原扬起的下巴上却有一圈灰白色。

我沉吟了一下，向他解释那是为了突出屈原的胡子，在艺术的表达中，衬托是很重要的一种手法，你看到的是一整个屈原的铜像，说不定那个艺术家其实就是用一整个铜像来突出那一圈灰白色的胡子，也许就是一个象征，象征真理不畏岁月风霜之类的。

江辰说："陈小希，你让我认识到了艺术真的是相通的。"

我谦虚地说："哪里哪里。"

他又说："艺术家真的挺不容易的，为了象征你说的那个主题，他大概想了不少办法，才能让鸟和鸽子天天上屈原的下巴上拉屎。"

……

你看我们艺术家多不容易，连鸟和鸽子的如厕场所都得照料着。

下午因为漫画书的事开了一下午的会，我这一生最恨的事情就是开会，毋庸置疑。我总觉得一群人傻坐成一个圈，中间至少得点个篝火什么的……

我们公司从来不开会的，实在是才三个人，傅沛也没脸说出"开会"这两个字，但是对方公司就不同了，我们到他们会议室时吓了一跳，密密麻麻地绕着长圆桌坐了一圈，外围还稀稀疏疏地坐着几个拿着大黑本子秘书模样的女孩子。

会议又臭又长，对漫画的设想讲了一大堆，然后搞半天与会人员连一个知道怎么贴网点的人都没有，不过就是走个过场，反正我最后画出来的漫画里有个道具是他家的点读机就好。

开完会，傅沛主动提出要给我更新办公装备，说把电脑、扫描仪和手绘板什么的统统给我换成最新的。虽然我画漫画习惯用笔先画好再扫描到电脑里上色，但是对于可以浪费公款这事我还是十分热衷的。

因为开完会差不多也是下班时间，傅沛干脆就送我回家。

我没料到我会在家门口见到倚门低头抽着烟的吴柏松。

听到脚步声吴柏松抬起头，他这一抬头吓得我倒退了两步，两三天前我见到的还是春风满面的他，怎么一下就胡子拉碴，萎靡苍老到好像被腌过的萝卜干。

我可以猜到发生了什么事，只好强装平静："你等很久了吗？怎么不先打个电话呢？"

他说："打了，你没接。"

我掏出手机才发现下午开会被我调成静音了，忙解释："我调成静音忘了调回来。"

然后一边掏钥匙开门一边招呼他："进来前先把烟熄了，你怎么看起来这么憔悴？"

吴柏松一进门就坐在沙发上一动不动，我找出茶包泡了杯热茶塞进他手里，然后用最知性最善解人意最不八卦的语气问："你怎么了，发生什么事了？"

他盯着手里的茶："染染要和我分手。"

我咬一咬下嘴唇，深吸一口气问："还有呢？"

"还有你不是都知道了？"他抬头看我，"你是用一种什么心情来看待我这段感情的，看好戏？"

我压住火气："如果你非得这样说话我觉得我就没有必要再听了。"

"对不起。"他叹口气，"我不是针对你。"

我摆摆手："那接下来你有什么打算？"

"我不想分手。"他说，"染染说那个人已经开始怀疑，她很怕他知道了会对我做出什么事，你知道那个人……"

我知道，而且身为普通老百姓的我，爱莫能助。

我们陷入一阵沉默，最后吴柏松眼睛一亮："我带她走，回新西兰。"

我指出他忽略了最重要的一点——胡染染会不会跟他走。

他说："她为什么不会跟我走？"

我说："因为她的家在这里，她的爸妈在这里，她不敢肯定她跟你走了之后她家里的人会不会因此遭遇什么事情。"

吴柏松眼里的光芒慢慢地黯淡下来："我连自己的女朋友也保护不了，我是不是很没用……"

我是真的不知道怎么安慰他，平时用来对付江辰那一套无厘头在这里似乎也不是很合适，你想想看，这时候我要是说其实你也不会很没用，至少你还会说英语之类的，我想他可能会用手中的热茶泼我吧。

场面陷入他一个劲儿地自怨自艾，而我一个劲儿地重复说着不会不会你想太多了，然后最悲哀的是我们都知道这样的对话对情况不会有一丝一毫的帮助，但我们能做的却只有这么重复着。

江辰进门时就看到两个双眼无神的人坐在客厅发呆，他跟吴柏松打完招呼后走过来拍拍我的头："怎么不接电话？吃饭了吗？"

我这才意识到我们俩相对无言地坐了有两个小时，而我们完全没有想出解决的方法来。

吴柏松站起来说他要回去了，江辰拍拍他的肩膀："走吧，先去吃饭，吃完饭再走。”

我们在楼下的川菜馆吃的饭，江辰已经陪他爸妈吃过饭了，我叫了一盆酸菜鱼，吴柏松叫了一打啤酒，我和江辰都陪着喝酒，因为这时我们唯一能帮到他的也只剩陪伴。

吴柏松两杯啤酒下肚后开始说着要放弃了之类的丧气话，甚至开始说着其实他也没那么爱胡染染，胡染染也不算个好女人之类的话。

我们有满腔愤慨却又无语以对，只好继续灌酒，江辰胃不好我不让他喝太多，吴柏松忙着絮絮叨叨酒也没喝多少，于是下场就是我莫名其妙地喝到眼前出现了两个江辰两个吴柏松。

但是我的意识其实很清晰，只是行动有点迟缓，我扶着江辰的肩膀，把大半的重量都转移到他身上，然后眯着眼听他们的对话。

江辰跟吴柏松说：“我知道你还会再找到爱的人，但都不是这一个了。我不知道你能不能就那样过日子，我试过是不能，那种感觉很奇怪，我不知道怎么形容给你听，不会有什么撕心裂肺的疼痛，但就是难受。我们医学上有一种说法叫疼痛数字量表，NRS，把疼痛分为0到10一共十一个数字，10是最剧烈的疼痛，0是无痛，那种难受就是零点几的难受而已，但是它属于持续疼痛，它时时刻刻提醒着你它的存在。”

吴柏松哭丧着脸：“你能不能打个我听得懂的比方啊？”

我拼命想点头说吴柏松我们真的是知己呀，对话上升到专业角度这件事实在是很困扰人呀。

江辰扶了扶我歪在他手臂上的头，才说：“就像是你一直把一件套头的毛衣前后穿反了，你总会隐隐觉得不自在，觉得脖子勒得慌，而这种难受微不足道，但你就是没办法忽略。”

我第一次听到江辰这么具体地谈到感情，虽然无论他的疼痛分级比喻还是他的套头毛衣比喻都是相当的冷门，但是我依然觉得很感动。我清晰地意识到想要向他表达我的感动，但是我被酒精麻痹了的身体明显不支持我的感动，因为从我嘴里吐出的每个字都只是酒鬼的模糊呢喃，而我想抱抱他的动作最后也只是演变成醉瘫在他身上吹着酒气。

后来吴柏松说了一句废话，江辰也附和了他那句废话，那句废话就是“小希喝醉了”。

小希，也就是本人我，身体喝醉了但是精神没醉，事实上我还异常清晰地看着这个世界，只是他们都不知道。

出了饭店门口吴松柏说他要走了，然后他就走了，影子萧瑟地被街灯拉长缩短，我真的很抱歉啊朋友，我帮不了你。

江辰蹲在我面前，拉了我的手让我伏上他的背，他说小醉鬼我背你回去。他那样柔软的语调，我是真的没有听过。

回家的路不长，江辰走得很慢很平稳，我拉一拉他的头发，咬一咬他的脖子，他只是笑着怕我往下滑而把我托着往上颠了颠。我用食指去戳他笑出来的酒窝，又换中指去戳，换无名指换尾指换拇指，他不躲也不闪，只是把酒窝笑得更深。

一路上的风多少吹散我一些醉意，到家时我已经能够清晰地说出“到家了呀”这样洋溢着欢快的句子。

但我猜我喝醉这件事深深地取悦了江辰，他就像一个拿到新玩具的小孩，兴奋之情溢于言表，他小心翼翼地把我摆坐在沙发上，然后蹲在我面前问我：“陈小希你喝醉了？”

“是呀。”我很配合。

他又说：“你知道我是谁吗？”

“知道呀。”

他说：“我是谁？”

“男朋友呀。”

他笑，捏一捏我的脸：“你男朋友叫什么名字？”

“江辰呀。”

他说：“你现在说话可不可以不带‘呀’？”

“可以呀。”

他笑着凑上来亲我的唇，贴在我的唇上说话：“你知道你在说什么吗？”

“知道呀。”

他又是大笑。我想他应该多少也喝醉了，不然怎么会察觉不到这段对话有多傻？

后来江辰问我：“你想睡觉吗？”

我说：“不想呀。”

他说：“不累就陪我坐一会儿吧。”

我说：“好呀。”

江辰坐在地上，头靠在我腿上，他说：“你每次喝醉了都特别乖巧啊。”

我说：“是呀。”

他又笑。

他说：“陈小希，如果我趁你喝醉了向你求婚会不会显得很卑鄙，乘人之危？”

我说过我是一个清醒的醉鬼，所以我清晰地知道我心里暗暗期待了很久他的求婚，我妈说了，男人对女人最高的赞美就是向她求婚。好吧，这句话不是我妈说的，我忘了是谁说的，我喝醉了，不要对我有太多不切实际的要求。

我压下紧张得想吐或者是喝多了想吐的感觉，认真地说："不会呀。"

他点点头："哦。"

我搓搓耳朵，满心期待着他的下一句话。

没有。没有下一句话。江辰打了个哈欠然后趴在我的膝上，闭上眼。

我眨了眨因为酒精充血而视线迷蒙的双眼，很是不解。在我的设定里，江辰这时就应该打蛇随棍上地向我求婚，然后我就仰起我高贵的头颅说我考虑一下呀。然后他说有什么好考虑的，你喝醉了就赶快答应吧。然后我就说好呀。然后这一切看起来虽然比较不矜持但都是酒精在作祟。

我觉得江辰的行为不符合上下文的对话逻辑，于是我打了个酒嗝，拍拍他的脸："求婚呀。"

他睁开眼睛看我："你吗？"

"是呀。"

"好，我答应了。"他说。

……

我感到异常气愤，这段对话里主语宾语的胡乱省略导致脑子虽然很清醒但依然属于喝醉属性的我完全没办法理解过来，于是我揪着他一小撮头发："听不懂呀听不懂呀。"

他拍开我的手站起来，坐到沙发对面的茶几上，然后凑近我的脸，近到我能看到自己在他瞳孔中缩成一个小小的像。

他说："陈小希你刚刚跟我求婚了，因为是你所以我答应了，你明白了吗？"

我恍然大悟："明白了呀。"

他灿烂地笑着："那你高兴吗？"

"高兴呀。"我跟着他笑。

他赞许地拍拍我的脸："真聪明。"

我隐隐觉得事情有点不对劲，但自从幼儿园那个教画小花朵的老师退休了后，我就再没有得到过这么诚心实意的夸奖，所以我就更高兴了。

次日清晨我醒来，躺在床上忍着宿醉的头疼回想着昨晚的事情，然后转头看看在一旁睡得正酣的江辰，我伸出食指细细地感受他的轮廓，人睡着了或多或少看上去都比平常多一点孩子气，那点孩子气在江辰沉睡的脸上显得那么恰如其分，我看着都忍不住叹气，你说这么英俊美好，他骗起傻乎乎的我来怎么就这么毫不手软丧心病狂？

我买早餐回来时江辰在沙发上看晨间新闻，他漫不经心地扫了我一眼："我还以为你逃婚了。"

我假装听不懂，晃着手里的早餐："吃早餐了。"

他把遥控器一丢，趴在沙发椅背上得意扬扬："陈小希你昨晚跟我求婚了，你少装蒜。"

我剜他一眼，沉着脸不吭声。

他笑着说："我在抽屉里看过你的户口簿，我的也在我手上，不如我们都请一个小时假，去民政局当今天第一对结婚的人，替他们开个市？"

我木着脸："你在说什么？吃早餐了。"

他穷追不舍："你少假装什么事都没发生过，我知道你记得。"

你知道个屁。

你不知道求婚是我人生中最重要的一件大事，你不知道我在脑海中幻想过音乐鲜花戒指下跪眼泪，你不知道我细细地在心里描绘过每一个表情动作音调语言，你不知道不管我怎么幻想，不管求婚这事最后会怎么发生，求婚都应该要由你来做，你来！

回想起我们这一路走来，总是我在他身后很努力地追赶，身边的人没几个看好我的，总在我耳边说“女追男隔层纱”这样的话，仿佛他就是顺便接受了我的感情似的。其实不是的，他们不知道我在他身上用了多少心思。为了不错过和他一起上学，我每天早上六点就等在巷子口；我为了能够用艺术加分和他考上同一所学校，我每天都很努力地画画，家里我的床底至今都堆满了我的素描；为了能和他在一起，我假装看不懂他妈妈瞧不起我的眼神……

而他连一个让我觉得受到万分珍惜的求婚都不给我。

我愈想愈觉得委屈，眼眶一热眼泪就滚滚地往下滑。

江辰似乎是被我吓到了，单手撑住沙发一跃就翻过了沙发靠背，他跑过来抱我：“怎么了，发生什么事？”

我躲开他替我抹眼泪的手，推开他的怀抱：“我不跟你结婚，我不嫁。”

他皱着眉头：“你怎么回事？”

我张了张嘴，却不知道怎么说，只能一味地哭，我还记得江辰的那个套头毛衣理论，我也相信他爱我，但是我无法跟他解释我那突如其来的心慌，我害怕，害怕因为最初是我先说喜欢，所以永远只能由我主动；我害怕，害怕因为我先迈出了那一步，所以他会理所当然地觉得每一步都应该由我来迈；我害怕，害怕我爱他比他爱我多很多……

他再次试图伸过手来抱我，我摇着头一步步地退后，直到背后抵上了门。

江辰像是忍耐什么似的深吸了一口气："你这样是因为我妈吗？我妈那边你不用担心的，我已经跟她说清楚了，她那人也就雷声大雨点小，我想的事情她也拗不过我，再说了，我们结婚了不和他们住一起，时间久了关系也就慢慢好了。"

原本我最担心的问题现在反而成了我最不关心的问题，我在生气我在难过，我管你妈要你娶谁……好吧，我暂时不管你妈要你娶谁……

人一难过就很容易钻进死胡同，我看着江辰皱眉头的样子就觉得他一定是讨厌我了，他一定是觉得我无理取闹了，他一定是要分手了，不知道谁又说过，女人提一百次分手都抵不上男人提一次。虽然这句话有试图从分手数量上贬低女性情商的嫌疑，但江辰他不要我了……

意识到这一点，我发现谁求的婚也已经不重要了，人生真的是瞬息万变，你以为重要的，下一秒有可能就没那么重要了。

我觉得天旋地转，我的背抵着门慢慢滑下："我不要分手……你别生气……"

江辰随我蹲下来，他显得很困惑，不停地问我："你怎么了你怎么了？"

"我头痛。"这是我失去意识前说的最后一句话，如果我早知道我说完这句话就会晕倒，我会说"我们结婚""我嫁给你""我现在真的在跟你求婚了"。

可惜没有"如果"，没有"早知道"，没有"重头来过"，没有"时光倒流"，人类遣词造句的逻辑很怪，常常使用这样无法改变事实但是又无可奈何的词，仿佛可以安慰到谁。

A Love So Beautiful

第二十二章

A Love So Beautiful

我醒来时在医院，下意识地看了看床周围，很失望地发现没有电视里常演的男主角趴在女主角床边累得睡过去的场景。于是转着头四处找手机，没找着，倒是脑袋晃动了几下就晕得很。

我想抬手揉一揉额角，手一抬就觉得手背隐隐作痛，伸到眼前看，才发现手背上多了一个泛着青色的针孔，看来是吊过点滴了。

五分钟过去，我还在克服刚醒来的那种晕眩感，病房被推开了，进来的是一个有点眼熟的护士，她说：“江医生的女朋友你醒了啊？”

我想我的眼睛睁开着，如无意外就是醒着的，当然我只是点了点头，很配合地说：“刚醒。”

“江医生开会去了，让我过来看着你。”她解释道。

“我怎么了？”

“低血糖，怀孕。”

……

我当场三魂没了七魄，颤抖着问她：“什……什么？”

“低血糖！怀孕！”她提高了音调说。

我的心情很复杂，我才和江辰吵完架，一转身就怀了他的孩子，我这肚子也太不争气了吧……

“喂，你要当妈妈了，高兴一点吧。”护士说，“笑一个。”

我还在五味杂陈，哪有工夫为她表演笑一个：“你去帮我叫江辰来，我有话和他说。”

她很不情愿的样子：“你先笑一个表示你很高兴，然后我去替你叫江医生。”

我狐疑地看着她，表示姐姐我觉得你行为古怪哦。

她被看得有点心虚，干笑两声，突然对着门外跺脚大叫：“苏医生你进来啦！”

门被推开，幽默大王苏医生慢悠悠地踱进来，用一种恨铁不成钢的口气教训着小护士：“你真的很没用，这点事都办不好。”

她笑着跟我打招呼：“嗨，小希，其实你只是低血糖和宿醉还有轻微的感冒而已。不过我们刚刚打了个赌，如果骗你说你怀孕了，你是会哭还是会笑，她赌笑我赌哭，结果你竟然不哭也不笑，太没意思了。”

啊哈，为什么我对苏医生的行为不悲不喜甚至不惊奇？

“开个玩笑而已，你不会生气吧？”苏医生说，“还是你现在很失望啊？要不要哭一下？”

我揉着手背上的瘀青：“你们的赌注是什么？”

“十次值班。”苏医生说。

“你们一个医生一个护士，怎么替换啊？”我问。

苏医生的回答简单明了：“她男朋友是医生。”

我沉吟了一下，笑眯眯地说：“一半一半，如何？”

“成交。”苏医生抢答。

小护士傻乎乎地看着我们，脑门上冒了一堆问号。

我干咳了一声开始把手伸到被子底下掐自己的大腿，两秒钟后，我泪流满面地说：“我……我哭了……”

小护士这才反应过来，跺着脚控诉：“你们……狼狈为奸！我诅咒你们……低血糖！”

我擦干眼泪，觉得很自豪，我流几滴泪就替江辰换了五天的值班，我真是贤妻良母。

小护士念叨着她男朋友会杀了她之类的话，哭哭啼啼地离开了房间。

“既然只是低血糖，那我什么时候能够出院？”我打断苏医生，她正兴致勃勃地数着哪几天可以不用值班。

她说：“这我就不知道了，等江医生回来跟你说吧。”

“哦。”我点头，只觉得低血糖就把我留在医院里显然有点夸张。

只是直到中午我都没见着江辰，我不知道他的会为什么开这么久。午饭是苏医生买来和我一起在病房里吃的，她带来的午饭我吃起来一点味道也没有，而她一如既往地用她那逻辑奇怪的玩笑来轰炸我，我一顿饭吃得真是无比艰难。

才吃完午饭，吴柏松竟然来看我，他说他早上打电话给我，是江辰接的，说我低血糖晕倒进了医院，所以他就来看看，顺便嘲笑一下低血糖住院的白痴。

他的笑容有一点点虚弱，讲话的同时一直躲闪着我的视线。我的心一点点地往下沉，最后忍不住问他："到底发生什么事了？"

"胡染染走了，和那个人去了国外度假。"他说。

"等她回来。"我说，"或者你去找她。"

他摇头："不了，我申请调回新西兰了，事实上总部一直想把我调回去，之前我没答应而已。"

"所以你答应了？"

"是，后天就走。"

"所以你是来告别的？"

"是呀，此次与君别，不知何日能再相见？"他又是勉强一笑。

我鄙视他："洋鬼子别学人讲话文绉绉。"

然后我们都假装被对方逗笑了。

沉默着对视了一会儿，我终于还是忍不住了："你记不记得你跟我说过，爱情如果不能战胜一切，怎么好意思叫爱情？"

他叹了一口气："那么我和染染的就不叫爱情了吧，我想了江辰的话一整晚，觉得我对染染没有那种非要不可的感觉，事实上我从来没有对谁有过非要不可的感觉。我都是这样的，如果爱很难，我就不爱，也不觉得遗憾。”

我想到那样的一个词——爱无能。

他眼神中似乎有什么一闪而过，但很快地他垂下眼掩饰了过去，自嘲：“你一定不知道，高中时我喜欢过你，但我从来没想过为你留下。”

我惊讶地把嘴张到可以塞下一个拳头。

吴柏松拍拍我的头：“看你吓得，跟你开玩笑的。你明天别来送机，你也别怂恿胡染染追来新西兰之类的白痴桥段，我想要的是更简单的感情。”

……

不好笑。

我本来想咬牙切齿地骂他：“吴柏松你不是男人！”

但转念一想，他是不是男人这事从生物学的角度来说是由X和Y染色体说了算，我说了还真不算，于是我就不说了。再者，吴柏松是我朋友，胡染染不是，我这人护短。

最后我跟他说：“你回去要是觉得后悔了千万不要因为拉不下面子就不回来。”

他俯身轻轻地抱了我一下，说：“结婚记得给我寄喜帖。”

我趴在窗户上看楼下的吴柏松渐渐走出我的视线，上次送他上车，一别就是八年，这次又不知是多久，有些朋友就是这样，各自陪彼此走一程，然后分开，然后想念。

我躺回床上看了一会儿天花板，然后迫切地觉得我想见到江辰，于是从床上爬起来出去找江辰。

在医院里晃了一圈，也去了他的办公室，但就是没找到他。我突然就觉得害怕，这么小的一家医院，我真的就找不到他。我想起江辰曾偶然跟我说过，他说陈小希，世界不是像你家厕所那么小，我能找到你很不容易。

那时我觉得他真的很大言不惭啊，虽然我家厕所真的不大，但是明明是我先找到他的。

说到厕所，我得顺便去上个厕所。

在很多故事里，厄运的来临总是会有一些提前的征兆，或者是天蓝得出奇，或者是鸟叫得凄厉，或者是电闪雷鸣，或者是……总之，就是异常。事实上，如果硬要牵扯，每天都会有和往常不一样的地方。比如说今天，现在，我就看到厕所的瓷砖上有两只爬得异常快的蚂蚁。

就在我准备开门出去时我听到门外有说话的声音，于是开门的手又收了回来，我这人有个毛病，不喜欢在厕所里碰到人，觉得尴尬，毕竟厕所这种地方不算适合友好见面的场所。

于是我就傻愣在小隔间里观察那两只飞奔的蚂蚁，它们爬行的速度太快了，我有点怀疑它们是一公一母，正在私奔。

外头的人似乎在打电话，混着水龙头流水的声音我听得不是很清楚，但声音很熟，有点像今天一直在轰炸我的苏医生。

过了十几秒，水声戛然而止，我听到她说："酥老头，让你快点办妥苏锐出国的手续你不办，现在怎么办？按苏锐那古怪的脾气非跳楼不可。"

我先是反射性地在心里吐槽，毕竟说到脾气古怪，酥老头和苏医生怪的境界就跟中国跳水和中国乒乓球在国际上的地位一样遥遥领先。

然后我开始奇怪苏锐为什么要跳楼，莫非他对我情深似海，久久不能忘怀？魅力四射什么的，真是困扰人啊……

她接下来的话满足了我不要脸的猜想，她说：“你也知道苏锐那么喜欢小希，他一直吵着要来找她玩。”

我闻言对着那对已经从瓷砖飞奔到门上的蚂蚁羞红了脸。

“不能让他知道。”她下一句是这么说的，带着一声轻叹，“小希的情况暂时稳定了，但怕是会愈来愈严重。”

像是电线突然被剪断，满室亮堂的白炽灯瞬间熄灭，变成无穷无尽的黑暗。我觉得眼前一暗又一晃，脚像是踩在了棉花上，软软地就想往地上瘫，幸好扶着门稳住了身子。我弄出的声响打断了苏医生的对话，她安静了一会儿，问：“里面的人没事吧？”

我深吸了一口气，捂着嘴低声回答：“没事。”

她哦了一句继续讲电话：“你千万别告诉他，总之动作快点，把他送出国去念个几年书，回来后他也就忘了，也别送去法国了，看看哪个国家的签证好办就送去哪个国家吧……嗯，酥老头你的头到底是老还是酥？用点脑子行不行，英国的签证也不好办……”

她的声音和着叩叩的脚步声渐渐远去，我扶着门的手抖得厉害，松开扶着门的手，我发现掌心压了两个小黑点，刚刚那两只飞奔的小蚂蚁，惨死在我手上。

都是生命，而生命的定义之一就是无常。

生与死这样的话题，即使是在小说、电视里看到过一千遍一万遍，我也从来没有认真想过有一天将会降临到我身上。我以为的是，我会慢慢看着我和江辰的脸爬上第一条皱纹，然后到第二条、第三条，到最后数不清，和他互相嘲笑彼此的脸被岁月的蜘蛛织上了网。

但命运就是这样，它挡在你面前正对着你的鼻子踹上一脚，而你只能以手背一抹鼻血，咬牙前进。

我坐在床沿闭上眼睛，恐惧、茫然、无措、死亡，这些在词典里会被归类为贬义词的词语如同狰狞的怪兽，张牙舞爪地要把我吞噬。

我不知道我呆坐了多久，在铺天盖地的恐惧后，我竟然平静了下来，也没什么了不起，大不了打针吃药，大不了就去那个被描绘得很美好的地方，用几十年的时间等江辰来。

空荡荡的寂静中突然传来吱呀的开门声："江医生的女朋友，你跑哪儿去了？我到处找你。"

我张开眼睛，是刚刚被我和苏医生骗了的小护士，已经凑到了我面前，在我眼前挥着手掌："你没事吧，怎么看起来这么苍白？"

我摇头："你找我做什么？"

她有点结巴："给……给你换病房。"

"为什么要换病房？"我木然地问。

她结巴得更厉害了："呃……我也不知道……江医生……说换的。"

我不想为难她，于是点头："走吧。"

她领着我走过一条长长的走廊，一路都在用一种诡异的眼神偷瞄我，我几次想问她，最终还是没有问出口，我想我需要江辰来告诉我，我需要他。

我很自私，我不能像伟大的女主角那样一听到自己有什么病就找借口分手，然后自己躲起来治病，我要和江辰共度一生，我需要他能和我一起面对一切，我也相信他能够和我面对一切，如果他不能够，那我就不要。

护士领着我到了走廊的最后一个房间，门是关着的，她也不推开，只是抬手敲了几下后就把我推到门前：“进去啊。”

我莫名其妙地推门进去，江辰站在两张病床中间，双手捧着一个巨大的纸箱，姿势有点像古装剧里准备向皇帝献上人头的刺客。

我站在原地不动，江辰注视着我，眼神温暖：“陈小希。”

“嗯？”我吐出一个带着哽咽的字，其实我现在只想扑进他怀里大哭。

他笑出一个深深的酒窝：“嫁给我好吗？”

我困惑地眨了眨眼睛，悬在睫毛上的泪就滚了下来，基本上我没料到他会求婚，因为根据我有限的常识分析，一般人不会抱着纸箱求婚，即使真有抱着纸箱求婚的，纸箱上也不会写着“抛弃式无菌注射器”……

面对着这样随性的求婚我愣了半晌不知该给什么反应，倒是泪水比我机灵得多，滚滚不绝。

“都说你哭是因为我没有向你求婚。”他还是捧着那个纸箱。

我抹着眼泪问：“谁都说？”

“以苏医生为首的女权分子。”

“可是我生病了。”我说。

他皱眉：“所以呢？你别顾左右而言他，我们先解决求婚这件事。”

“如果我死掉呢？”我低头轻声地说，“生病很容易死掉的啊。”

“别乱说话！”他突然提高音量，吓得我后退了两步。

江辰长叹一声后把手里的纸箱往床上一搁，走过来立定站在我面前，然后弯腰偏头，对上我低垂的视线：“那也没有关系，我们找到了很多人一直找不到的爱情。”

我推开他凑得很近的脸：“你怎么会讲那么煽情的话？”

他笑着拉住我的手：“她们教我说求婚都要说这样的话。”

我继续抹眼泪：“可是我害怕。”

“一切都有我，有什么好害怕的。”江辰拉下我揉眼睛的手，“好了，再揉眼球都揉下来了。”

江辰之于我，仿佛就是一种信仰的存在，他说了没什么好怕的，我就觉得真的没什么好怕的。只是我想象了一下他描绘的场面，觉得眼球揉到掉下来这件事还是很可怕的。

他一只手抓了我两只手在掌中，另一只手抬起来看手表：“好了，你快点答应，我待会儿有个手术。”

我这人催不得的毛病我也不是第一次说了，所以他一催，我就点头：“哦，好啊，那你快把戒指拿出来。”

他回头抱起那个“抛弃式无菌注射器”纸箱走到我面前：“打开。”

我犹豫了一下还是说：“你要是没有买戒指就算了，不要用针给我扎出一圈戒指，这种血腥的浪漫我欣赏不来。”

他瞪我一眼，我乖乖地去撕纸箱上的封箱胶带。

纸箱打开，箱子里缓缓飘升起三个乳白色的手掌状气球，每个气球都有脑袋那么大，都竖着五根手指，看起来要多诡异有多诡异，底下长长的绳子系着一张卷成棍状的纸条和一枚戒指。

我有点傻住，看着气球慢慢地升到天花板就停住了，剩下那根绳子系着戒指和纸条悬在我和江辰中间微微晃着。

虽然我心里很想先去解下那枚戒指，但是我觉得这样会显得我太物质化了，所以我就先去解纸条。

摊开来看是连着好几页撕下来的处方笺，我翻了一下，上面空白无一字，我不解地看着江辰："空的？"

他说："不然呢？"

我火了："什么都没有写你系在上面干吗？"

"保持平衡，不然气球升得太快。"他笑，带着恶作剧成功的得意。

……

后来江辰解下了戒指套在我手指上，那是一个样式很简单的白金戒指，波浪形的指圈，中间嵌了三颗小小的碎钻。

戴完戒指后我看着他，他看着我，突然觉得有一点害羞，于是我推一推他："你不是有手术？"

他摇头："我骗你的，你这人不禁催。"

"哦。"我低头轻轻地转动着左手无名指上的戒指，据说那里有一条血管通向心脏，"你什么时候准备的这些东西呀？"

"今天早上。"说着他拉我往病床上一躺，搂我在怀里，"累死我了，又要买戒指又要搞什么浪漫。"

我强忍下“所以你称这为浪漫”的吐槽，指着还飘在天花板上的那三个诡异的气球说：“你去哪儿买的气球？”

其实我想问的是“你去哪儿买这么丑的气球？”但鉴于我现在生病了，处于需要积德的状态，所以我就省略了一些修饰词。我想他能够在这个世界上那么多花花绿绿、形状各异的气球中找到这么丑的，也是一种难能可贵。

江辰说：“我哪有时间去买气球，早上开会而且又有门诊，中午才挤出时间去买戒指，回来刚好遇到李护士，就是刚刚带你过来的那个护士，她说每个女人都期望一个浪漫的求婚。我想了半天，只好拿了几双橡胶手套想办法打了些氦气进去。”

我乍一听觉得这么随手啊，过了几秒反应过来才觉得妈呀，什么叫“打了些‘害气’进去”？

于是我问他：“害气是什么气？为什么不打无害的气？还有气球为什么会飘起来？”

他很无语的样子：“陈小希你高中化学课都在睡觉吗？氦气是一种比空气轻的惰性气体。”他说着拉着我的手用食指在掌心边写边说，“上面一个空气的气字，下面一个辛亥革命的亥字，不是害怕的害。”

我看着顶在天花板的那三个肥手掌：“江辰同学，你能不能不要用这么冷淡的语气介绍这么与众不同的气体？而且，你去哪里找的氦气？”

“医院的核磁共振设备需要氦气。”他说。

我哦了一声，并不准备追问，因为我说过了，当对话上升到专业角度时，我就听不懂了。

江辰打着哈欠：“我睡一会儿，两点叫我起来上班。”

午间的阳光挤过百叶窗溜了一些光斑在他脸上，我觉得脸上干了的泪痕有点发痒，就把脸埋在他手臂上蹭了两下。他翻身把我搂在怀里：“别闹，我都睡着了。”

他当然没有“睡着了”，我当然也有很多话想要问他，但是我还是顺从地选择了窝在他怀里安静不动，因为我不知道我还有多少次机会可以乖乖听他的话。

后来我睡着了，再后来我被江辰摇醒，他的脸因为凑得太近而被放大了很多，我甚至可以看到他眉间拧起的“川”字上有细细的绒毛。

“梦到什么了？还是哪里疼？怎么哭了？”他说。

“没有啊。”我一开口才发现我的声音沙哑得很，伸手一摸脸竟是满手的泪水，只好随口胡诌，“梦到求婚的事。”

我真的不记得梦到什么了，只是醒来还残留着那种悲怆到无法言说的心情。

江辰叹着气帮我擦眼泪：“我以前怎么没发现你这么爱哭啊？没求婚你也哭，求婚了你也哭，你到底想怎样啊？”

我不想怎么样，我想健康，我想陪他到他再也没有英俊模样。

擦完了我的眼泪后江辰无奈地看着自己衣服前襟那一大摊泪迹：“陈小希你属水龙头的啊？”

我抽着鼻子回答：“十二生肖里面没有水龙头。”

他似乎已经被我磨到没了脾气，苦笑着说：“你就在这个病房待着休息，我已经帮你请了假，我得去上班了，下班我过来找你。”

他出去时还臭着脸把天花板上那三个塑胶手套气球扯了出去，他的解释是：“得处理掉，被别人看到了不好。”我还听见他小声地嘟囔了一句“浪漫个鬼啊浪漫”。

下午我还是断断续续地睡觉，梦很多，也有把自己哭醒的那种梦。但有一个特别可怕，因为我不记得了，不记得的一定最可怕，因为记忆自动把它屏蔽了。

这里要提一件事，在我睡觉的中途苏医生来看过我，她进来得很匆忙，像是身后有鬼在追。

“你快点听我的声音。”她说。

我从床上弹起，她的声音又尖又细，像是动画片里坏女人的配音。

“哈哈哈，我的声音多有趣。”她说，“我刚刚用针戳破了江辰的手套气球，我特别喜欢感受气流从针孔吹进鼻孔的感觉，没想到江辰里面灌的是氦气，哈哈哈哈。”

虽然我也觉得她的声音很好笑，但我还是不懂：“为什么你的声音会变成这样？”

“人吸入氦气声音会变尖细啊，因为声音传播的介质改变了，声音震动的频率改变了，哈哈哈，我的声音好好笑啊。”她自己边解释边捧腹大笑，“哎哟，笑死我了，我特地跑来分享给你听的，我对你多好啊，哈哈哈哈……”

我嘴角抽搐了一下：“是啊，谢谢你。”

直到她离开很久，我的耳朵里还萦绕着她又尖又细的笑声，像是白雪公主的后妈跑到我耳朵里拼命奸笑似的。

江辰不到五点就来了，手臂上搭着外套，偷偷摸摸的样子很可爱，他说我们溜回家吧，主任说要开一个很无聊的会。

我愣愣地问他："可以回家吗？"

他边脱白袍边说："可以，就是一个关于元旦联欢之类的会，没什么事。"

"可是，我不用住院吗？"我问。

他脱衣服的动作停了下来，疑惑地看了我一眼："你为什么要住院？"

我也疑惑地看回去："我不是生病了吗？"

"就一个多喝点水就会好的小感冒也要住院？"他说，"你那么喜欢医院？"

我用力地眨了眨眼睛，努力地转动因为睡太多而特别迟钝的脑袋，然后突然抓住他的衣服："苏医生！苏医生下班了没？"

"不知道，她又不跟我同一个科室。"他拍开我的手，把白袍脱了下来。

我二话不说拔腿就往外跑，横冲直撞地找到了骨科，苏医生正趴在桌子上摆弄着几根骨头，见我来，挥舞着骨头招呼我："小希，你看这是胫骨，就是小腿上的骨头，不知道这人死了多久，来，给你摸摸。"

我默默地后退了两步："我有事问你。"

"什么事？"她曲起食指敲那根骨头，"不知道炖汤还有没有味？"

我又默默地后退了两步，虽然我知道这动作一定能引来她哈哈大笑说“开玩笑的”，但我实在是忍不住……

她果然哈哈大笑说：“哎呀，这是塑料的，我怎么会拿去炖汤？”

我配合地扯了一下嘴角，决定单刀直入地问她：“我中午在厕所听到你和你爸爸在打电话，说要把苏锐送出国的事。”

“是啊。”她挠了挠头，“怎么了？”

“为什么要把他送出国？”

“因为小希快死了，怕他难过。”

嗯！重点就在这里了。

“谁是小希？”我追问，因为讲话速度太快还差点闪着了舌头。

苏医生显得很困惑：“苏锐养的宠物蜥蜴苏小蜥啊，你不是见过吗？苏锐还说你以前和小蜥很合得来。”

啊！呀！哇！噢！哈！呵！

我用力地抱了她一下，然后转身奔回刚刚的病房，江辰已经换了外套，正盘腿坐在床上吃着什么东西。

我尖叫着扑向他：“江辰江辰——”

他被我压得一声闷哼，为了撑住不往后倒，手里的东西撒了一地。

“你搞什么？”他说，“红枣都掉了。”

我搂着他的脖子又想笑又想叫，最后实在不知道要怎么表达我那种死而复生的兴奋，只好冲着他脖子狠狠地咬了一口……

出租车上。

我一边哼歌一边吃着红枣，红枣是江辰的病人送的，说是自种自制的。

江辰捂着脖子离得我远远的，还不时用幽怨的小眼神瞅我两眼。我不好意思地给他赔不是："哎呀，我不是故意的，你坐过来一点，我不会再咬你了。"

他不理我，捂着脖子别过头。我挪过去抱住他的手臂："对不起嘛，不然我让你咬回来？"

江辰白了我一眼："你属狗。"

回家后我把自己闹的大乌龙自嘲地跟江辰说了一遍，他听完之后并没有如我所料地骂我白痴或者嘲笑我，只是沉默一会儿后拨开我搂着他脖子的手："我去洗澡了。"

他洗完澡出来也不搭理我，坐在电脑前噼里啪啦地把键盘敲得很响，我说了一句"别把我的键盘敲散了"，换回他一个凌厉的眼神。

我洗完澡回来时江辰坐在床沿，一副很深沉地思考着什么的神情，那眼神不知道落在哪里若有所思模样美好得像是某个电影里精心设计好的场景。不过这样的神情如果发生在我身上就会有一个比较通俗易懂的词语来形容——发呆。

我爬上床，从背后搂住他的脖子："你在想什么？"

他侧头看了我一眼："想如果没有你。"

我一愣，然后逼自己装出嬉皮笑脸的样子："那你就可以找个比我高一点，瘦一点，漂亮一点，聪明一点，温柔一点，懂事一点的女孩子了啊。"

说完我觉得很后悔，实在是显得我有太多需要提高的空间了。

江辰伸手拍拍我压在他肩膀上的头：“是啊。”

他这两个字又彻底摧毁了我的泪腺，我觉得我今天担惊受怕了一整天，怕不能陪他一直到老，怕再也不能爱他，怕他在这个世界上孤单……但于他，却只是“没有了你，我可以找更好的人”而已。

“怎么又哭了？”他的语气很无奈。

我趴在他背上，又是眼泪又是鼻涕地往他衣服上蹭，边蹭边骂：“你这个没有良心的浑蛋，我做鬼也要缠着你一辈子，浑蛋。”

他想站起身，我紧紧勒住他的脖子不放，他也不管，就让我用一种八爪鱼的姿势半挂半夹地黏在他背后。

“你要去哪里啊？”我抽噎着问他，努力不让自己从他身上掉下来。

他不理我，半背半拖着我径直走向浴室，挤了牙膏在牙刷上，邀请我：“要不要刷牙？”

我挂在他背上，义正词严地拒绝：“不要，你浑蛋。”

他抬眼从镜子里瞟了我一眼：“你骂够了没有？”

“没有。”我说着又想哭，一边哭一边骂一边用头撞他的背，“你没良心，你不是人，你要找更好的现在就去找，你去找去找去找，不用等我死掉。”

江辰叼着牙刷，满嘴泡沫口齿不清：“我快内伤了这位太太。”

“你王八蛋啊，我都在哭了。”我说着下意识松了一只手想去揉眼睛，手一松另一只手的力气吊不起我整个人的重量，于是又手忙脚乱地要去勒江辰的脖子。

为了避免被我勒死或者我把自己摔死，江辰只好丢了牙刷来托住我，一阵手忙脚乱后，除了他被我勒出一道红痕外，我们彼此都性命无忧。

我闹了这么一出后有点怕惹毛他，就乖乖地下了地，却发现因为刚刚是挂在江辰身上过来的，所以此刻我是赤着脚的，冬天的瓷砖地板踩起来不是一般的凉，我踮着脚尖咻一下蹿回房间跳到床上，裹着被子在床上滚了一圈，把自己包得像个粽子似的。

江辰进房时手里拿着一条湿毛巾，硬是把我的脑袋从被子卷里抽出来，把毛巾盖在我脸上使劲地揉搓了一阵："哭得眼睛跟核桃一样你就高兴了啊。"

我被卷在被子中间动弹不得，只好让他用可以把我五官搓平的力度替我抹脸。

他用完毛巾后随手一扔，毛巾就挂在了椅背上，我捧着被他搓得生疼的脸抱怨："皮都快破了，你想找新的也不用毁我容啊。"

江辰把被子一抽，我顺着被子骨碌滚了几圈，失去了被子冷空气立马彻头彻尾包围了我，我忍不住缩成一团，正好就被江辰团成一团塞进了他抖好的被窝里。

我还没躺好他就把灯关了，我说我还没刷牙呢，他说你常忘记刷牙。我抗议说可是我现在没有忘记啊。

他说那你怎么老是忘记我很爱你？我很爱你，所以，这个世界上的确是有比你高比你瘦比你美比你聪明温柔懂事的女孩子，但是都不关我的事。

黑暗中我用力眨眼，逼回已经盈在眼眶的泪意，我说江辰同学下次最重点的话你放在最前面说好吗？我哭那么久也是会累的啊。还有啊，这个世界上才没有比我高比我瘦比我美比我聪明温柔懂事的女孩子呢，没有。

〈尾声〉

江辰他爸还是不喜欢我啊，他妈比他爸更不喜欢我，还有李薇也依然住在他家的房子里准备考研究生。江辰在烦恼在职考博士班的事，我每天又要上班又要赶漫画，生活有时烦躁得让人想上蹿下跳地骂脏话——

但我是江太太了呀！

* *

小希：你说我们的孩子生男还是生女？

江辰：不是我说了算，从医学上说……

小希：打住，你再啰嗦医学我就生个不男不女给你。

江辰：那这孩子随妈啊。

小希：……

小希：如果我不孕不育怎么办？

江辰：从医学上来说，治愈的可能性是很大的。

小希：治不好呢？

江辰：就治不好呗。

小希：你会不会跟我离婚？

江辰：白痴，我干吗跟你离婚？

小希：呜呜呜，你真的很爱我对不对？

江辰：不是，我讨厌小孩。

小希：……

A L♥ve
S♥ Beautiful

番外

他们的初识

陈小希觉得自己大概从一出生就认识江辰了，她妈妈也许还抱过穿开裆裤的她在同样也穿开裆裤的他面前走过。

但其实她想太多了，陈小希婴儿时期大部分都在外婆家，三岁之后才正式跟着父母混，而陈小希家原来也不住江辰家对面，她五岁的时候，爸爸才分配到单位的房子——一套两房一厅的商品房。单位集体建的员工福利房就在镇长家豪华小洋楼的对面，小地方人有种朴素的认命观，从来都不觉得镇长家这么漂漂亮亮、大大方方地鹤立鸡群在普通百姓中间有什么需要愤慨或者需要举报的。

分到房子那天家里洋溢的喜悦即便是还不谙世事的陈小希也

感受到了的，所以她趁机摔碎了一个碗庆祝，而她爸趁机揍了她一顿庆祝。然后陈爸爸蹬着自行车，载着老婆和陈小希去看新分配到的房子外墙，五岁的江辰在家门口玩鞭炮，他远远地看到了一辆自行车前面的横杆上塞了个拖着两管鼻涕的女娃，他觉得流鼻涕的小孩最脏了。

陈小希其实挺冤枉的，她不算特别脏的小孩，至少她不是在地上捡到东西就往嘴里送的那种小孩，她会装模作样地吹吹灰再往嘴里送，还有她平时不流鼻涕的，那鼻涕是被爸爸揍了之后才哭出来的，而鼻涕总是伴随着眼泪一起出现的，就像闪电总是伴随着雷声，属于自然现象，而你是不可以瞧不起自然现象的。

但是被冤枉也没关系，对于人生来说，冤枉不过是常态。

后来，就各自长大。偶尔遇到，因为彼此的父母不是朋友，所以也不会一起玩，唯一有过深刻交流的一次大概是在小学一二年级暑假的时候，陈小希在巷子口滚弹珠，江辰学完钢琴回家，陈小希问他："班长，你会玩弹珠吗？你有弹珠吗？"

江辰看着这个平时很少交流的同学兼邻居说："不会，没有。"陈小希小朋友心想他好可怜啊，就说："好可怜啊，那我们一起玩吧，我可以教你。"

可怜是一个很奇妙的情绪，谁都喜欢可怜别人，但谁都不喜欢被别人可怜。

于是小小的江辰愤慨了，指着陈小希的鼻子说："你才可怜，你数学考了28分。"

说起这个28分，其实不是陈小希的真实水平，只是考试前一晚躲在被窝里看了一个晚上的《多啦A梦》，第二天考试才写了几道题就睡着了。但是陈小希为人大度，觉得28分既然是自己考的，也没什么好辩解的。

虽然话不投机，他们还是蹲在一块滚弹珠了，那天江辰作为一个弹珠届的新手，赢走了陈小希的所有弹珠。

回到家后，江辰把弹珠在肥皂水里泡了一晚，第二天兴致勃勃地揣着想去巷口"偶遇"陈小希，去到的时候，发现陈小希和一个不知道哪里冒出来小屁孩玩着跳格子。

他正想掉头回家，陈小希见了他拼命招手："班长班长，一起玩啊。"

在陈小希心中，江辰跟他玩过弹珠了，现在他们是好朋友了，真高兴啊，这是她第一个班干部好朋友。

"我没空。"江辰只好加快脚步往外走。

"等我一下。"陈小希单脚从格子蹦出来，对小伙伴说，"不算哦，我等下还从这里跳。"

一路小跑追上已经走出巷子的江辰。

"你去哪里啊？"

"去练琴。"

"练琴多无聊啊，一起玩吧！"

"你怎么知道无聊？你又没有练过。"

小小的陈小希耸耸肩，学着大人的口气说："没看过猪肉，也……"忘记了应该怎么说，又改口："我学画画，有时候也很无聊！"

江辰懒得跟她辩解，径直往前走。

陈小希在他身后喊："那我等你练完琴回来一起玩！"

江辰气冲冲地走到钢琴老师家门口才想起他今天不用练琴，想回家又不想遇到陈小希，在马路上绕了几圈热得受不了躲进书店翻书，一进门江辰就觉得倒霉，看店的是平时最爱赶翻书小孩的店员，那人正在玩俄罗斯方块，懒洋洋地看了进门的江辰一眼。

和外面热得变形的空气相比，天花板缓慢转动着的吊扇带来的凉意让江辰决定就在这里混到回家吃晚饭。

店里没什么人，这是好事，找个不起眼的角落待着，估计店员也懒得过来赶他。走了几步，江辰才发现店里人少也不是好事，他口袋里的弹珠，随着他每一步走动，发出清脆的碰撞声。传来俄罗斯方块封顶的电子声，江辰用手按住口袋，缓慢地往角落里走去。

回家的时候太阳已经西斜，转进巷口前他停顿了几秒。

人早就不在了，地上粉笔画的格子也被脚印和自行车轮碾糊了。

他把口袋翻出来，弹珠一颗一颗地往外跳，掉在黄泥地上发出钝钝的声音。

低头走到家门口。

“班长！”

回过头，陈小希端着个碗坐在楼梯上扒饭。

她跳到他面前，“你怎么才回来？还说一起玩呢，等到我们家都吃晚饭了。”

筷子在他面前挥一挥：“玩不成了，我就是等着跟你说一声。”

她脸上还沾着不明的黑色酱汁。

“知道了。”江辰点点头，开了门回家。

小小的江辰第一次知道被等待的滋味，小小的陈小希还不知道，以后她要等这个人很多次很多次。

他们的年少

〈一〉

江辰实在不知道自己是怎么被对面那家的女儿缠上的，那个叫陈小希的女孩子，他对她的唯一印象就是小时候嗓门特别大，他在家里无论叮咚叮咚地把钢琴弹得多响，都盖不过她在家里被她妈追着打的尖叫。

再大一点，他就很少听到她的声音从对面传来，世界顿时安静了许多。有时他从窗户往她家客厅看，总是可以看到她在看电视，有时还可以看到她笑得在沙发上打滚。

到他家里来拜访他爸的人络绎不绝，他并不喜欢那些人“公子公子”地叫他，这样的称呼让他觉得虚伪。

每回家里来了客人，他就躲在房里，看书写毛笔字睡觉，总之尽一切可能不让人知道他的存在。后来陈小希向他告白，他在躲客人时又多了一项活动，那就是躲在窗帘后看对面的陈小希。

他看着她走来走去，看着她打翻东西，看着她咬着笔头伏在桌上画着什么东西，如果天气热，他还可以看见她躺在地上，像烧烤架上的香肠一样翻过来滚过去……像在看一场无聊的哑剧，但人生很无聊，不如就再无聊点。

陈小希表白后的第二天出现在巷子口用微微颤抖又拼命装成若无其事的声音说：“江辰好巧啊，你也上学啊？”

江辰一愣，问她：“几点了？”

陈小希看看手上的电子表，她是个刻度无能的人，一般都戴能直接显示数字的电子表：“七点。”

他点点头，自言自语：“还以为要迟到了呢。”

陈小希汗颜，她以前都是踏着铃声进教室的。

他俩一前一后地走向学校。陈小希叽叽喳喳地讲个不停，电视剧、漫画、老师、同学……江辰不搭理她，面无表情地往前走。到底他不说话是因为他本来话就不多还是因为知道了陈小希的心思后突然变酷了起来，陈小希不知道，江辰也不知道。

年少的心思最奇妙之处在于他们也不知道自己在想什么。

他们是第一对到达教室的人，江辰管教室的钥匙，他开门时小希站在他身后，门一开小希忽然闻到一股泥土的味道，原来清晨的教室闻起来像刚翻了土准备插秧的水稻田。

江辰在座位上坐下，抽出几本厚一点的课本往课桌上放好，趴着睡了。

陈小希傻眼，怎么跟她想象中不一样，标准好学生早早来教室睡觉？

她的座位在他的斜上角，她是三组的，他是四组的，她是三组组长，他是班长。

她从书本堆里挑出英语课本，翻开立起来，然后头埋在书后，偏头偷看江辰，看他黑黑的头颅，和头颅中间白色的发旋。她不知道有什么好看的，但就是忍不住盯着看，忍不住心跳失序，为一块白色的头皮心跳失序，她够前无古人后无来者的。

宁静美好的时刻总是会有一两个不识相的捣蛋鬼，捣蛋鬼是王达庄，副班长，死胖子，他进门的第一件事就是咋呼：“陈小希我有没有看错？”

陈小希傻乎乎地问：“看错什么？”

王达庄：“你啊，居然这么早！”

陈小希干笑两声：“想起有段英文还没背。”

王达庄突然大笑：“哈哈……你……你的英语课本拿反了。”

她转过头想瞪王达庄，恰好江辰也把头从枕着的胳膊中微微抬起，陈小希就恰巧直直地撞上了江辰略带点好奇探究的眼神，她头脑一热，居然就脸红了。

江辰望着她红得夸张的脸有点摸不着头脑，连表白都不会脸红的人，现在是在脸红个什么劲儿？

同学陆陆续续地到了，几乎每个进来的人都对陈小希在铃响前出现在教室的诡异现象表达了程度不一的惊讶，陈小希这会儿才知道原来自己也挺引人注目的。

第二天陈小希比昨天起晚了十分钟，匆匆赶到巷子口时正好见到江辰背着书包的背影，她缓下脚步，用力地吸口气平稳呼吸，然后跨着大步追上去：“早啊！”

江辰被她吼得心跳重了一拍，不得不承认，陈小希是个很有精神的人，她那声震耳欲聋的“早”充分地向他揭示了这一事实真相。

这次他们不是最早到教室的，王达庄同学倚着栏杆对着他们笑：“陈小希你今天还背英语吗？”

陈小希觉得这人怎么这么讨厌啊，没好气地回他：“关你什么事啊？”

王达庄也不生气，就是笑眯眯地说：“我偶尔友爱一下同学。”

还是散发着泥土味的教室，江辰趴在桌子上睡觉，王达庄一直在课桌抽屉里翻找着什么。

陈小希抽出英语课本，才念了一句“what are you doing”就觉得喉咙干涩，赶快换了语文课本开始“山不在高有仙则灵”背了起来，陈小希在“苔痕上阶绿，草色入帘青”这里偷偷叹气……英语不够好啊，没脸在江辰面前读出声来，总觉得自己的发音不标准，而且土。

江辰有点烦躁，她课文背得磕磕巴巴，实在严重影响了他早上的补眠。

第三天陈小希特地起了个大早，在巷子口等了江辰很久，眼看实在要迟到了她才飞奔去学校，一路上还在担心着江辰是不是生病了。

到了教室门口已经在上课了，陈小希垂着头对讲台上的老师喊了声报告，老师没好气地说进来。

陈小希一抬头就看到了坐在窗边的江辰，他低着头念课文，漫不经心地转着手上的圆珠笔，金属的笔帽在晨光中微微反射着光，在他修长的手指间旋转跳跃。

隔得很远，陈小希却觉得那点反光刺得她瞳孔微微发疼。

第四天陈小希起得更早了，天蒙蒙亮就起床了，精神恍惚地靠着巷口还亮着的路灯打瞌睡。

江辰远远地就看到路灯下的身影，挣扎了一会儿要不要掉头回家，最终还是走了上去。他路过她身边时她并没有发现，她睡得很沉，他走了好长一段路，一直没有等到她跟上来。

他到了教室趴着睡觉，一闭上眼睛竟是陈小希垂着头打瞌睡的样子：齐耳的短发垂到两颊边，头顶上不服帖的头发东一根西一根地翘得很倔强，整个人沐浴在路灯昏黄的光线下，泛着温暖的橘黄色。

江辰在睡着前迷迷糊糊地想，她头发可真乱啊。

陈小希的早起计到第五天就彻底终结了，天气太冷，冷到她那个悸动的小心肝也跳不动了。她从被窝里伸出手按掉闹钟，一再地告诉自己，算了，爱情是靠缘分的，强求不来啊强求不来。

陈小希安心地睡到妈妈来叫她起床，匆匆忙忙地出了门居然遇到江辰，那个乐啊，就像是考试砸了，一心安慰自己考试在人生中一点都不重要，分数就是那浮云，然后卷子发下来，全班第一。

陈小希噙着“赚到了”的微笑，一路尾随着江辰到学校。

江辰被她笑得背脊发凉，偷偷摸了几次脸上有没有黏饭粒了，还偷偷低头看了几次裤子拉链拉了没。

进教室前陈小希忍不住拉了拉他校服的后摆："皱了。"

江辰皱眉，难道她就为了这个，乐了一路？

〈二〉

那是中考结束的那个暑假，七月底成绩就出来了，陈小希和江辰都考上了镇里两所高中里较好的那一所——一中，这样听起来好像没有气势，这样说吧，陈小希和江辰考上了镇里最好的高中——一中！嗯，好多了，果然有时适当地省略定语是必要的。

江辰一考完试就去他外婆家过暑假了，成绩也没查，不过也没必要查，因为镇长儿子考了全镇第一名这样的消息很快就和"张三的儿子偷了李四的自行车""王五的女儿早恋堕胎了"这样的消息一起荣登菜市场八卦排行榜前三名。倒是陈小希有大半个月都在担心自己不能和江辰念同一所学校，都担心瘦了。

知道了成绩后陈小希就开始过上了无忧无虑的日子，又没有暑假作业，又和江辰考上同一所学校，生活还能多美好？

放假的日子总是过得飞快，虽然陈小希一个多月没见到江辰，但也不是特别想念，大概是暑假的电视剧太强大，从《哆啦A梦》到《浪漫满屋》，陈小希日理万机呀。

这天陈小希正津津有味地看着大雄被胖虎踢进臭水沟，妈妈跑来说有人打电话找她，还说听声音像是个老师。她边嘟囔着哪个老师会打电话来，边走去接电话。

“喂，你好。”陈小希说，“谁……呃，哪位啊？”

“是我。”一道略带沙哑的声音传来。

小希皱起眉头：“李老师吗？”

李老师是学校里的美术老师，他的最大成就是画曾经在镇政府里展出过，该老师是出了名的老烟枪，他的口头禅是操着破锣嗓子说：“你以为我在吸烟？其实不是，我是在欣赏艺术人生的吞云吐雾、缥缈虚无。”所以这老师的外号就叫“艺术人生”。他最近好像趁着暑假想开个美术辅导班，一天到晚打电话到同学的家里谈艺术的层次，作为最无所事事的初中毕业生，自然是培养艺术层次的重点对象。

电话里一阵沉默，陈小希趁着沉默的空当拼命地想要怎么拒绝“艺术人生”但又不伤害“艺术人生”的艺术心灵。

在陈小希还没想出婉转的拒绝前，电话里又传出声音：“我是江辰。”

“啊？”陈小希一愣，下意识脱口而出，“江辰的声音怎么可能这么难听？”

又是一阵沉默，陈小希忍不住说：“你到底是谁啊？不会真的是江辰吧？”

“是。”

……

陈小希想着亡羊补牢，赶紧说：“不是，我不是说你的声音难听，我是说听起来很成熟，很有特色……”

“我知道了，你不用再说了。”江辰说。

陈小希很着急：“不是啊，我是说我妈说这个年纪的男孩子是变声期，你的声音真的不会特别难听，胖班长的声音听起来还像被鬼掐着脖子呢，你的顶多就像鸭子……”

一阵沉默后，听筒里传来一声叹息。

陈小希沮丧极了：“我不知道我在说什么了，你还是说你找我有什么事吧。”

“我还在我外婆家，明天你回学校拿成绩单和毕业证书时顺便帮我拿一下吧。”江辰说。

陈小希挠挠头：“原来明天要拿成绩单啊……”

“你该不会不记得了吧？”

陈小希干笑：“现在记得了。”

“嗯，那你记得帮我拿，我挂电话了，拜拜。”

“等一下！”陈小希叫起来，“那个……”

“干吗？”

陈小希深吸一口气：“我是想说，虽然你的声音变得很……很那样，但是你放心，我是绝对不会嫌弃你的！”

……

“我会！”江辰古怪的公鸭嗓吼起来很有喜感。

电话喀一声被切断，陈小希握着话筒依然沉醉在自己不离不弃的伟大爱情中。

江辰挂上电话后忍不住踹墙，谁的声音像鸭子了？谁嫌弃谁？

江辰的外婆端着切好的水果正要进来给外孙，老人家站在房门口看得云里雾里，她这温文尔雅全镇第一名的外孙为什么突然要踹墙啊？

半个月后，江辰站在巷子里，脚无意识地踢着脚边的小石头，他在等陈小希拿成绩单给他，听到她家那栋楼的防盗门喀地响了一声，他突然就咕噜一下把嘴里的金嗓子喉糖给咽了下去。

陈小希笑眯眯地把夹着成绩单的毕业证书递给他：“外婆家好玩吗？”

“一般。”江辰低头翻开毕业证书。

陈小希站在他身旁偷偷地踮起脚尖比身高，一阵子不见，他好像又高了她许多。

江辰眼角的余光看见陈小希一直在旁边跟跳芭蕾似的踮着脚，他瞟她一眼：“干吗？”

陈小希傻笑：“你好像又高了。”

江辰合上毕业证书：“我要回去了。”

陈小希点头：“拜拜，对了，你的声音康复了，虽然听起来比以前低沉了点，恭喜呀。”

“正常人都会恭喜我考了第一名而不是恭喜我声音康复了。”江辰忍不住说。

陈小希很无所谓的样子：“你本来就会考第一名，本来就会发生的事情有什么好恭喜的。”她停顿了一下，突然得意扬扬地笑：“倒是你应该恭喜我，我告诉你哦，我也考上一中了，说不定我还会和你同班呢。”

江辰早就知道了，事实上成绩一出来他就打电话给班主任了，他用顺便的口气问了有哪些人考上一中，当听到里面有陈小希的名字时，他也不知道为什么自己会有松一口气的感觉。

江辰没有说恭喜，他说：“看来一中今年录取分数低了。”

陈小希一点也没被打击到，反而一脸余悸地点头：“是啊是啊，比去年低了五分，还好低了五分，不然我就差一分考不上了，真是运气好啊。”

……

讽刺得让人家听不懂这事儿，真寂寞。

陈小希还在絮絮叨叨地念着她临交卷时还改错了两道数学的选择题，一道五分，两道就是十分……

江辰觉得刚刚误吞下去的金嗓子喉糖卡在胸腔上一阵一阵发着凉，他想打断她的话，回家喝杯水把喉糖咽下去，但是不知道为什么看她讲得那么眉飞色舞几次话到嘴边又作罢。算了，还是让她讲吧，他看过报道，说一般情况下宠物在太久没见到主人后的第一次见面总会显得特别热情的，虽然她不是宠物，但情感总是相通的。

陈小希讲到很累频频咽口水时，发现江辰丝毫没有要打断她的意思，于是她只好深吸一口气，继续欢欣鼓舞："这个暑假我去海边了，我还捡了很多贝壳，我想黏一幅贝壳画，黏好了给你看……"

唉，好累啊，江辰你怎么还不回家……

〈三〉

高一开学第一天。

陈小希很快就和同学打成一片，本来小镇就不大，班里原来就认识的同学不少，下课时他们一群人围在教室后叽叽喳喳地讨论着昨晚电视剧的剧情。

而江辰坐在临时安排好的位置上，翻着刚发下来的新课本。

不知为何，陈小希觉得此刻江辰的背影看起来非常寂寞，当然寂寞是个矫情而有文化的词，陈小希这种大脑还没开发好的人是想不到的，她只是觉得，为什么他一个人坐在那里，不跟人说话也不跟人玩，太无聊了。于是陈小希蹬蹬蹬地跑上去，装哥们儿地拍拍江辰的肩膀，厚着脸皮说："江辰江辰，他们还在说我暗恋你的事呢，都猴年马月了，真没创意。"

江辰冷冷地瞟了陈小希一眼，身体微微一侧，躲过她拍着他肩膀的手。

他心情不好，昨晚他爸应酬回来喝得醉醺醺的，他妈死活不肯开门让他爸进房间，于是两人隔着门板就吵了起来，乒乒乓乓地砸着东西。真可笑，都是在外头有头有脸道貌岸然的人，一吵起架来什么不堪入耳的话都讲得出来。

陈小希是个还没学会察言观色的人，以为他在生气人家把他们扯在一起说嘴，便安抚他："他们也只是开玩笑的，我们多纯洁多坦荡荡啊。"

江辰一声冷笑："坦荡荡是吧，那你以后别往我书上别心形的回形针，别给我折一堆星星、纸鹤，我家没地方放。"

本来陈小希跑过去跟江辰说话就已经有无数双眼睛在盯着他们了，江辰这话一说大家就哄堂大笑。

陈小希一时下不了台，勉强挤出一个笑容，嘴硬道："呵呵，不要就算了，我只是在练习折纸，你家住得比较近就顺便送你。"

"那下次顺便送我好了。"突然从教室后方传来一道阴阳怪气的声音，陈小希这才发现，王达庄居然也跟他们在同一班，他穿着一件黑色T恤，坐在垃圾桶旁边，歪着嘴笑得邪恶无比。

陈小希很无聊地想着，像朵垃圾堆里开出的邪恶黑莲花。

大部分男生也跟着起哄：“送我吧，送我吧，我房间大，多少都放得下。”

场面有点失控，陈小希呆呆地站在江辰的旁边，茫然地感到心慌和不知所措。

幸好上课铃很及时地响起了，江辰面无表情地道：“快回座位。”

一切归于平静。

美术老师在上面用很漂亮的板书写着自己的名字，他并不知道，在上课铃声响起前，有一个女孩子在众人的哄笑声中手足无措地强颜欢笑。

这节课陈小希听得特别认真，她抱着心存感激的态度在听那个年轻的美术老师用热情洋溢的声音给他们介绍阴影的处理、角度的瞄准、画面的分割……

江辰和王达庄都有点心不在焉，隐隐觉得自己似乎有那么一点过分了，然后又理直气壮地安慰自己说她活该，谁让她自己惹上来。

放学后陈小希没有赖着要和江辰一起走，倒也不是她还在记恨之前的事，是班主任让她留下来，说是要跟她谈谈班干部的事。老师们都喜欢陈小希这样的学生，热情乐观愿意为同学做牛做马。

江辰走出教室门时微微侧头瞄了一眼陈小希，见她手忙脚乱地在收着桌面上的文具，他嘴角不留痕迹地往上扬了扬，继续往前走。走到楼梯口时，他又忍不住顿了顿脚步，啧，还不跟上来，收个书包要收多久？

“江辰，能不能耽误你几分钟？”

江辰回头，一个长发披肩的女孩子捧着一本书，微微地笑着等他回答。他在脑海中搜索了一遍，好像是他们班的：“有什么事吗？”

“今天老师讲的这道数学题我不是很懂，你能不能教我一下？”她的声音很甜美，仰着头，一脸期盼。

江辰的眼神飘向了教室的方向，停了两秒又转回来看着眼前的女孩：“哪道不懂？”

江辰讲完了题，知道了眼前这个女孩子叫李薇，现在和他同班，以前是××中学三班的，她爸爸认识他爸爸，她喜欢猫和狗。

陈小希还没出来。

陈小希本来还满腔热血地等着班主任给她弄个班长之类的大官来当当，哪知班主任唠叨了半天，大手一挥，说你以后就是宣传委员，特点就是事多权少讨人嫌。她觉得特没劲，但班主任的面子还是要给，她只好装出一副千里马找到了伯乐的样子，听着老师给她畅想未来，看着老师那张大饼脸和雀斑，心里想着芝麻口味烙饼。

她漫不经心地看着窗外，太阳已经西斜，学生走得差不多了，操场笼罩在橘黄色的光线中，像是天地间有谁打翻了一瓶巨大的橙汁。然后她就看到了那个熟悉的背影，多少个日月星辰，她孜孜不倦地跟在这个背影后面，而现在，这个化成灰她都能认得的背影旁并排走着一个女生，瀑布流泻般黑长的头发，仰着小脸看着江辰说话。那女孩小脸蛋嫣红嫣红，不知道是因为夕阳，还是因为江辰。

〈四〉

江辰只觉得异常烦躁，昨晚做了一些乱七八糟的梦，老是梦到同一个乱七八糟的人。而这个乱七八糟的人现在正靠在电线杆上，手里捧一个白色透明的免洗塑料杯，笑眯眯地用吸管喝着杯子里的豆浆。

“早啊。”陈小希咬着吸管打招呼，“比平时晚了一点，睡过头了吗？”

江辰瞟了她一眼，面无表情地往前走。

陈小希边忙不迭地跟上，边呼噜呼噜地吸着豆浆。

“你能不要在路上边走边吃东西吗？”江辰一边往前走一边很嫌弃地说。

“哦。”跟在后面的陈小希扁嘴，心想怎么要求这么高啊，喝个豆浆都不让，为了他，她都不敢在路上吃棒冰了，现在连豆浆都不让喝，再这样下去她会因为营养不良而死掉的。

心里虽然这么想，但陈小希还是乖乖地把豆浆丢进路旁的垃圾桶。

第三节课还没下课，陈小希闻着从食堂传来若有似无的香味，感到自己饿得前胸贴后腹，于是回头小声埋怨江辰：“都是你害的，我现在肚子好饿。”

江辰不理她，倒是英语老师在讲台上叫：“陈小希，来回答这个问题。”

陈小希哭丧着脸站起来，手在桌子底下使劲地扯同桌静晓的校服。静晓也是一脸茫然，都快下课了，谁还会认真听课，于是她小声地说：“我没听。”

“What may T？”陈小希不假思索地回答。

英语老师倒是幽默，笑着问：“踢谁？”

陈小希一愣，喃喃地重复：“提水？”然后恍然大悟地说，“Carry water.”

全班不约而同地一愣，哄堂大笑。

老师说了陈小希一顿，内容不外乎上课打搅同学对不起同学对不起父母对不起同学的父母，最后才说你坐下吧。

陈小希红着脸坐下，掐了静晓一把：“你还笑。”

后桌的江辰用脚在桌子底下踢了她一脚，她赶紧正襟危坐，可怜兮兮地迎接英语老师凌厉的眼神。

总算熬到了下课铃叮铃铃地敲碎了陈小希脸上好好学习天天向上的表情，老师前脚才踏出教室门，她就转过身跟江辰说：“真的很饿啊。”

“关我什么事？”江辰瞪她。

“你有东西吃。”陈小希眼巴巴地看他，最近情人节送巧克力的歪风邪气盛行，江辰的抽屉里总有一些不知廉耻的女同胞放一些价值陈小希两个星期零用钱的金莎、德芙之类名字听起来就很小资的巧克力。

江辰往抽屉里一摸，还真摸出来一盒十六粒装的金莎巧克力，低头又搜寻了一下，也没看到任何署名的纸条，觉得实在很喜欢这样的做法，人就应该学习雷锋做好事不留名，该记的记在日记里就好。

他慢吞吞地拆开包装，捡了一颗巧克力出来，递给他同桌贝游新：“吃不？”

贝游新摇头：“谁要吃这种甜腻腻的东西，我又不是女的。”

陈小希举手：“我是女的我是女的，给我吃。”

江辰拆着巧克力球金色的包装纸，还是那句话：“为什么要给你吃？”

陈小希理直气壮：“早上你让我别在路上吃东西，我把豆浆扔了，现在肚子饿了，所以是你害的。”

“哦，我怎么记得你丢进垃圾桶的杯子是空的？”

“你怎么……胡说！”陈小希心虚地反驳，很勉强地吞下那句“你怎么知道？”心想这人后脑勺长眼的啊？

江辰把巧克力丢进嘴里，嚼了一下真的是甜到令人忍不住想皱眉，只是看陈小希羡慕嫉妒恨的表情觉得值回票价，这是一种什么心态？总之他就是喜欢逗陈小希。

陈小希看着那颗巧克力被他以如此不恭敬的态度扔进了嘴里，恨不得扑上去抠出来，逼他跟伟大的金莎巧克力道歉。

江辰最后还是受不了她那流浪小狗望着骨头的可怜模样，把整盒巧克力都推给了她，可还是忍不住加了一句“小心肥死”才觉得心理平衡。

陈小希转身就和静晓凑着脑袋你一颗我一颗地分起巧克力来，江辰咕噜咕噜地灌了几口水，才对贝游新说：“什么鬼东西啊，真甜。”

贝游新笑着说：“你怎么老跟陈小希耍幼稚？”

江辰不以为然：“配合她的水平而已。”

“江辰。”贝游新突然压低了声音，“那本小说你看完了没？”

江辰警觉地瞄了一眼前座的陈小希，低声说：“忘了带来，明天还你。”

“少给我假装忘了，放学我去你家拿，很多人排队在等着借。”贝游新一脸心知肚明地笑。

谁假装忘了？那本小说害得他一整夜都在做一些乱七八糟的梦，他一刻都不想多留。

“江辰。”陈小希突然转过来，笑靥如花，眼睛亮晶晶像闪烁着阳光的水面。

江辰吓得忍不住往后缩了缩，在梦里她就是这样笑的，像贴在僵尸脸上的符纸一样贴在他眼前，笑眯眯地一会儿大声一会儿小声地叫“江辰江辰”，真的是让人很烦躁。

“干吗？”他的语气自然是烦躁的。

陈小希莫名地被凶了一句，也忘了要说什么，只好默默地想“我刚刚想说什么来着”，又转了回去。

倒是吃巧克力吃得很开心的静晓很义气地帮小希说话：“你凶什么凶啊？”

江辰当然不可能解释他到底在凶什么凶，跟别的女孩子似乎也没多少话说，干脆笑一笑就低头找下一节课的课本。

静晓趴在小希肩膀上咬耳朵，声音却是不大不小足够让后桌的听到：“小希，我跟你说哦，上次你来我家玩，我哥说你很可爱呢。”

小希抖动肩膀躲开静晓，笑着拍她：“胡说，你哥都不搭理人。”

“你不就喜欢不搭理人的。”静晓说着还故意瞄了一眼江辰。

江辰不理静晓的调侃，倒是望了陈小希几眼，看她笑得耳根都红了，很开心嘛。

中午吃饭时陈小希挑了几下筷子就不动了，问身旁的静晓：“有没有觉得吃太多巧克力后很腻啊？”

“有。”静晓把筷子一扔，把餐盘推到对面的贝游新面前，“我完全没动到筷子。”

贝游新一脸“赚到了”的神情，挪过她的餐盘，还问陈小希说：“你用不用我帮你分担？”青春期的男孩子食量永远是个谜。

陈小希摇头：“我不吃的话下午很容易饿。”

“食量真大。”江辰下结论。

“你今天干吗老跟我过不去啊？”陈小希咬着筷子很委屈，虽然他平时也不给她什么好脸色，但是总觉得今天有在找碴儿的感觉。

江辰一愣，迅速转移话题：“你这样咬着筷子就不觉得嘴里都是木屑？”

他这么一说陈小希忽然觉得嘴巴里真有木屑，呸呸地吐了两下舌头，吓得贝游新张开双手护着两个餐盘：“你别把口水吐过来啊。”

下午放学，贝游新跟着他俩一块儿回家，陈小希觉得奇怪，追问了半天得到的解释是江辰邀他去家里玩，陈小希就彻底不平衡了，她和他做了十几年邻居，连他家院子长什么样都不知道，凭什么贝游新就能去他家玩。于是陈小希很婉转地向他们表达了她也愿意拨冗去江辰家玩的意愿，但他们都表示不欢迎。

可怜的陈小希觉得很失落。

贝游新盘腿坐在江辰家的客厅沙发上，啧啧称奇："你家的影音设备看起来很高级啊，改天找兄弟们来你家看DVD，嘿嘿……"

"嘿嘿"两字百转千回，生怕人家不知道他脑子里在转些什么。

江辰从房间走出来，把书丢给他："想都别想，我妈会杀了我。"

"嘿嘿。"贝游新随手翻了翻书，"上次我借书给王达庄，那小子死活不肯还，最后还回来居然还偷撕了几页。"

江辰喝着水不接话，贝游新像是打开了话匣子："王达庄喜欢陈小希你知道吧？"

江辰握着杯子的手忍不住收紧，突然觉得怒火中烧。

〈五〉

江辰和陈小希的家乡在海边，属于台风多发的区域，夏天常常有上课上到一半紧急停课疏散学生回家的好事发生。

大概是高二那一年的夏天，或者是高一，记不真切了，总之那时吴柏松转学过来不久。超强台风"翡翠""珍珠"还是什么的，江辰也不记得了，反正每回听到台风的名字都忍不住感叹当局对天灾人祸的命名哲学也算天外一笔了，那逻辑就跟陈小希这人一样随心所欲。

那次他们才上完第二节，外面的风呼呼地吹，广播体操的声音夹着风声显得十分萧索，老师看这么大的风也不敢让学生出去做体操，只是强调着都不要出去，等通知，于是一班人在教室里大眼瞪小眼。

陈小希哭丧着脸转过来跟江辰说："怎么办？好可怕。"

江辰不以为意："你又不是没见过台风，有什么好可怕的？再说还没下雨。"

话才讲完，豆大的雨就啪啪地砸在了玻璃窗上。

过了三四分钟，学校的广播开始传出校长的声音："老师们同学们注意了，因为台风来袭，学校决定紧急停课，请同学们立刻回家，不要在学校或者路上逗留，请同学们回家的路上注意安全。"

他们离开学校时雨是停了，但风有愈吹愈猛的趋势，陈小希驮着特别沉的书包为了能追上江辰的脚步而气喘吁吁。

江辰停下脚步回头看了她一眼，忍不住还是说了："你是白痴吗？"

陈小希想说不是，但又提不出有力证据，所以只能愣在原地以面对飞来横祸的态度消极地皱眉。

江辰伸手去提起她的双肩书包，她因为书包的重量减轻而拗了一下背后的两片蝴蝶骨。

两秒后，江辰面无表情地松手，突然重新加到肩膀上的重量和迎面吹来的狂风差点让陈小希摔一个倒栽葱，幸好她手忙脚乱地抓住了江辰的校服。

“知道重了吧？”他说，“还傻乎乎地多背了一堆课本。”

她稳住身子之后松开他的衣服：“吴柏松是怕我太轻了，被风吹走。”

刚刚她和江辰要走出教室门时吴柏松突然冲上来往她书包里塞了几本课本，说增加点重量才不会被风吹走。

“你从小到大遇到多少次台风了，什么时候被吹走过？”江辰只觉得无奈，怎么会有这么白痴的人。

“我当然知道我不会被风吹走。”陈小希振振有词，“可是吴柏松不知道啊，他是外地人，他们那里不刮台风的，他也是一片好心，我不能泼他冷水啊。”

江辰不得不承认，他对陈小希这样的解释感到很意外，一时也不知道怎么响应，只好哼了一声：“随便你。”

陈小希突然眼睛一亮：“不然你替我背书包，我替你背书包，我们手牵手走。”

她问出这句话是抱着“问一下也无妨”的心情，毕竟这个世界光怪陆离，什么事情都可能发生，人类上天了，人类造的星星也上天了，人类围观的凤姐还红了……所有没什么不可能发生的。

江辰不可思议地看着她：“你可以再不要脸一点。”

“可以吗？”陈小希瞪大了被风吹得有点干涩的眼。

江辰伸出两指，比了一个要插她眼睛的手势，陈小希笑眯眯地偏头躲了一下。

“走吧，白痴。”江辰拉着她书包的肩带往前拖。

陈小希被拉得脚步踉跄："唉，你慢点。"

长长的路上没什么人烟，风里走着两个年轻的孩子，拉着彼此的书包带，讲话的声音被风呼啸着吹得支离破碎。

〈六〉

陈小希不喜欢李薇，因为李薇也喜欢江辰，还因为李薇漂亮聪明会弹钢琴，高二那年元旦晚会她还和江辰代表班里报名了一个钢琴四手联弹的节目参加学校比赛。

她还记得那天站在台下，看他们并排坐在钢琴前面，一个眼神交会后四只手二十根手指开始在钢琴的黑白键上面翻飞跳跃。虽然他们穿着校服，但是一晃神间陈小希觉得他们好像就穿上了婚纱礼服，在明亮的灯光下为来往的宾客弹奏他们的新婚之曲——《勇士进行曲》。

那个节目拿了优等奖，理由是钢琴弹得好，境界也高，最后颁奖的校长还用了"好一对金童玉女"这样的句子来夸奖他们。

那种站在台下仰望别人的感觉很难受，就像他们在一个光亮的世界，而她独自一人在一个黑暗的世界里看着他们，遥远不可靠近，很孤独。

她那天没有跟江辰一起回家，事实上她有两个星期都没和江辰一起回家了。那阵子江辰和李薇要留在学校练琴，陈小希等过他一次，他们练到天都黑了，她还和江辰送了李薇回家。一路上他们两个都在讨论哪里弹错了，哪一个四分之一的拍子可以滑过，陈小希听不懂，她只知道苍蝇拍，那个顾名思义是用来拍苍蝇的。有过那种总插不进别人对话中的感觉的人都知道，那种滋味很难受。况且陈小希经历了这种难受后回到家还要因为晚回家而被妈妈追杀，这事比双刃剑还双刃，所以她就跟江辰说她要早点回去吃饭，然后她就早点回去吃饭了。

江辰领了奖后就径直回教室了，教室里空荡荡的，一个人都没有，有的回家了，有的还在礼堂里看颁奖。他把奖状往课桌抽屉里随便一塞，随便找了本课外参考书翻了起来，翻着翻着突然想到什么似的抬头看陈小希的桌子，没有书包。他仔细回想了一下，刚刚在台上他好像看见她背着书包站在下面。台下那么多人，他是怎么认出她的？不知道，很久以前他就能在人群中一眼找出她了，好吧或许不是一眼，但扫过几眼后总能准确无误地找出她的位置，顶着那头比别人乱上一点的短发，傻愣愣地像扎根在人群中的一个萝卜，那么显眼。

所以她背着书包出现在礼堂的意思就是她看完颁奖会直接回家？再回想一下他刚刚从校长手里接过奖状时扫了一眼台下，那时他是没有看到陈小希的。

江辰把书塞回抽屉，拎了书包往教室外走，可能因为大部分的学生都待在礼堂，所以放学的路上没看到几个学生，江辰走得特别快，但是直到回到家，他还是没有看到陈小希。

江辰一进房间门就把书包甩上桌子，然后就去拉开窗帘看对面楼的陈小希，她在家，坐在沙发上捧着一碗饭在边看电视边吃。他重重地拉上窗帘，倒头躺在床上发愣。门外传来两声敲门声，李阿姨的声音传来：“小辰，你爸妈今晚不回家吃饭，我饭做好了在桌上，你吃完了把碗搁碗槽里就好，我先回家了，待会儿再过来。”

“好，您慢走。”江辰说，想了想又跳起来开门，“阿姨，您待会儿不用特地过来了，碗我自己会洗。”

“这样啊，好吧。”

江辰一个人吃了晚饭，一个人洗了碗，拉了一条缝看对面的陈小希在和她妈耍赖，她每回吃完饭都会上演这么一出，和她妈耍赖谁去洗碗，赢的一直都是她妈，可是她却乐此不疲。

以后，她应该也会这么跟他耍赖吧，他也是会赢的，偶尔让她赢一两次，看她眯着眼睛得意地笑。

第二天，放学走出教室门时江辰发现陈小希没跟上来，他微微侧头瞄了一眼，她正和后桌的女孩子兴高采烈地讨论着什么。他的脚步顿了一顿，但还是头也不回地走了出去。

陈小希用眼角余光瞄到江辰已经出去了，才收起灿烂的笑容把手里的漫画书塞给后桌："反正就是很好看，你要看就借你。"

陈小希慢吞吞地把东西收进书包，慢吞吞地走出教室，走出学校，在学校门口的小卖部还买了根棒冰，以前她放学回家常常买的，而且为了不让她妈发现，她总是在吃完后仔仔细细地擦嘴擦手指，后来每天跟江辰一起回家就不好意思买了，毕竟偶尔也是要顾及一下形象的。

只是没想到，她还是在家附近的路上遇到了江辰，他骑着自行车，看到她时一个急刹车大转弯停在她面前，车轮摩擦着地面发出急促的声音。

陈小希叼着棒冰不知道应该怎么反应。

江辰说："陈小希，我买了自行车在试骑。"

其实自行车买了半个月有余了。

陈小希干笑："呵呵，你的自行车很好看。"

说完她想绕过他和他的自行车，江辰叫住她："喂，你有没有想去哪里，我载你。"停顿了一下又说，"我想试一下这车载人好不好骑。"

她把手里的棒冰往路旁的水沟一扔，兴奋地回答："我想去海边。"

"去海边干吗？"江辰瞄了一眼手表，还行，来回也不会很晚。

"就想去啊。"陈小希笑眯眯地说，"好久没去海边了。"

江辰耸耸肩："上来吧。"

临海小镇的风是带着微微的鱼腥味的，如果你味觉够灵敏的话，迎面扑来的风吸进嘴里甚至还有咸咸的味道，陈小希躲在江辰背后，风吹得他的校服衬衫鼓鼓的。她一手拉着自行车后座一手去戳江辰背后鼓起来的衣服，轻轻地按它，它会瘪下去，松开它又鼓起来。

"你买了自行车，那你以后上学骑车吗？"

"不骑。"

"为什么？"

"不为什么。"

"哦。"

"陈小希。"江辰突然叫她。

"嗯？"兴致勃勃地戳着他衣服的陈小希抬头，把头伸到江辰腰侧努力想要看他的表情。

江辰低头看了她一眼："坐好啊。"

"哦。"她缩头回来坐好，"你刚刚叫我干吗？"

"没有，想问你会不会骑自行车。"他说。

"会啊。"

一个急刹车，陈小希撞上江辰的背，脸颊撞在他的背骨上，年轻男孩子偏瘦的背脊撞得她颧骨隐隐作痛。

江辰回头笑着看她揉着颧骨："你会骑你来载我。"

"我不会载人啦。"陈小希委屈地说。

"那么笨。"

车又继续往前骑，陈小希还在揉着撞疼了的颧骨："我的脸被你撞歪了。"

"本来就是歪的。"江辰说。

"你才是歪的。"陈小希捶了他的背一拳。

海边，略带橙色的海和天，海水翻滚着点点金色闪光，沙滩也是金黄色的。陈小希尖叫着跳下自行车："啊——大海——我来了——"

江辰把自行车停在路边，弯着腰上锁，左颊微笑着的酒窝因为弯腰这个动作而显得比往常都深。

江辰走到沙滩时陈小希已经坐在沙滩上解鞋带了，他问她："你干吗？"

"脱鞋啊。"陈小希说，"不然等一下回家鞋子里都是沙子我妈会骂我的。"

但是她脱了一只鞋后却突然停了下来，而且还打算把脱下来的那只鞋重新穿回去，江辰不解地看着她，“干吗不脱了？”

陈小希拼命摇头：“这样好像不好，还是算了，我——啊——”

尖叫是因为江辰趁她不备突然一下把她的鞋子从脚上拔下来，扔得远远的。

尖叫过后两人相对无言，一阵诡异的尴尬过后，江辰干咳了一声说：“陈小希，为什么你的袜子上有那么大一个洞？”

陈小希低头戳着露出那个洞外的大脚趾：“我早上找不到袜子穿……所以我才说了不要脱鞋了嘛……”

……

〈七〉

依然是用“那是高×那一年”这样的句式开头，做惯了学生的人都有那么一个毛病，你想不起2005年在做什么，但把2005年这个概念换算为初一初二初三高一高二高三这样的年级数，你就可以滔滔不绝地开始回忆。

那是高三那一年的上学期，艺术考生陈小希同学必须要跟着老师同学坐四个小时的长途汽车，到从来没去过的地方，进行为期半个月的美术培训。

走的前一天陈小希在放学的路上问江辰：“我明天就出发了，你会不会来送我？”

“不会。”他说。

“哦。”陈小希掩饰不住失望的表情，“明天是星期天，反正你都没事，就来送一送我嘛。”

江辰没好气："谁说我没事，我星期天要去参加物理竞赛。"

"呵呵，我忘了。"她挠挠头，"那你加油哦，考个第一名回来没问题吧？"

"你说得倒是容易。"他瞪她一眼。

"当然容易，又不是我去考……"

江辰问："你行李都整理好了吗？"

"没有，我妈不肯帮我整理。"陈小希抱怨，"她说她要看《春天后母心》没空，她就是有一颗后母心。"

江辰笑："你自己不会整理啊？"

陈小希说："我就不信我妈不帮我整理！跟她拼了！"

……

吃完晚饭陈小希在房里收拾行李，她妈在外面对着《春天后母心》抹眼泪。突然窗户被什么东西叩地敲了一声，陈小希探头出去看，楼下站着一个人，正朝她房间扔小石头，她吓了一跳，巷子的路灯太昏暗，她看不清楚那人的模样，她把头缩了回来，很快又伸了出去，小声地问："谁呀？"

"江辰。"传来低声的回应。

"我马上下来！"

陈小希连滚带爬地飞下楼梯，穿的还是睡衣和室内拖鞋。

"你跑那么快干吗？"江辰被她那脚不沾地的跑法给吓到了。

"我怕你跑掉了嘛。"陈小希不好意思地说。

"我在这里，能跑到哪里去？"

"我哪知道你能跑到哪儿去？我常常找不到你。"陈小希说。

江辰很无奈，她黏他黏得就差没跟他一起上男厕了，还说常常找不到他？

“你找我干吗？”陈小希笑得三八兮兮，“舍不得我啦？”

“脸皮真厚。”江辰从口袋里掏出几张扑克牌一样的东西，“这个给你。”

“什么东西？”陈小希接过来就着路灯看，“电话卡，为什么要给我电话卡？”

江辰说：“我家里有很多这种东西，人家送的，我用不着就给你吧，你出门在外总要打电话。”

其实那些卡是他早上出门前请李阿姨帮忙买的，不过这个陈小希可以不用知道。

“我妈买了一张给我了。”陈小希说，“你给我那么多张我打不完啊。”

江辰耸耸肩：“打不完就扔了。”

说完转身要回家，陈小希连忙叫住他：“等一下啦，那个，谢谢你。”

“嗯。”他说，然后又要走。

“哎呀，你别老是那么急着走嘛，你尿急哦。”陈小希脱口而出后特别后悔，低着头解释，“我妈常这么说我爸来着……”

江辰默默地收回脚步：“你还有什么话要说的？”

“也没有啦。”陈小希低头用左脚踩右脚，“只是将会有一段时间不能和你说话，有点舍不得。”

江辰在心里叹了口气，语气平淡地说：“不是给了你电话卡？”

“啊？”陈小希惊喜地抬头，“那我能打电话给你吗？”

“电话卡在你手上，你高兴打给谁就打给谁。”

陈小希笑得眼睛都快看不见了：“我天天都给你打电话，你不要不接我电话哦。”

“有什么好天天打的？我把我家电话线拔掉。”

“不要这样嘛，我保证每天只给你打一个小时。”

“一个小时？”江辰瞪她，“你以为我那么闲啊？”

“那半小时？”

“每天半小时，你新闻联播啊？”

“二十分钟？”

“不要。”

“十分钟？”

“不要。”

“五分钟？”

“不要。”

“喂，你故意的吗？都不要那你干吗给我电话卡？”陈小希跺脚。

江辰笑着反问：“我不是说了我家里有很多，没人用吗？”

“我要回家了……”

“你内急？”

……

〈八〉

那是高考过后的暑假，已经确定了会和江辰上同一所大学的陈小希每天都洋溢在幸福快乐里。

收到录取通知书的第二天，陈小希就约了江辰出来喝冷饮，用的借口是要问他，去他们一起上的大学的车票要怎么买。江辰在电话里回答的是“去车站买”，但他还是出来了，陈小希把这归结为他很爱喝冷饮。

“你喝什么啊？我想喝水蜜桃冰沙，但是又想喝西瓜汁。”陈小希的手指在饮料单上划来划去就是做不了决定，“看上去这个香蕉奶昔也很好喝啊。”

“冰水。”江辰扫了一眼陈小希渴望的眼神，无奈地追加，“和西瓜汁。”

陈小希笑眯眯地招来老板，点了冰水、西瓜汁和水蜜桃冰沙。

饮料都上桌时江辰只喝了一口西瓜汁就推到陈小希面前：“太甜。”

陈小希非常乐意地接受了那杯西瓜汁，喝了一大口后心满意足地眯着眼叹气：“果然西瓜汁比较好喝。”

“都是用粉冲的，不同味道的甜味剂而已。”江辰说。

陈小希小心翼翼地瞄了一眼坐在收银台的老板，幸好他没听到。江辰如果有一天被路人打死，她一点也不会觉得奇怪……

喝完两杯甜味剂做的饮料，陈小希觉得非常满足，有可能是说话时自己可以闻到西瓜和水蜜桃的味道，让她觉得很开心，也有可能是旁边站了一个人，而自己可以想象和他有着交集的未来，而觉得很开心。

“这么热的天气你非得让我出来干吗？”从店里出来时江辰伸手到陈小希面前挡了一下阳光，瞬间觉得不对劲又立马缩了回去，而低头从书包里掏东西的陈小希却完全没有发现。

“晒太阳好啊，听说可以补钙啊。”陈小希从包里掏出一支笔，“我突然想起你都没有帮我写毕业纪念册，至少你在我书包上签个名吧，这书包我要收起来留作纪念了，我要去买个漂亮的单肩包，很淑女的那种。”

“无聊。”江辰不去接她的笔，迈开腿就往前走，“回家了。”

“喂，你不要那么小气嘛。”陈小希在身后小跑着跟上，“回家干吗啊，也没什么电视剧看，多无聊啊。”

其实这话陈小希讲得是很心虚的，有好多电视剧可以看啊，就算没有电视剧，无所事事地按着遥控器转台，也是人生一大乐事，只是这乐事跟和江辰在一起相比，又少了点。

江辰虽说要回家，但是走的方向却是往书店的。

最后他们进了学友书店，陈小希想起她曾经躲在书架后偷看江辰和一个买彩色笔的小朋友对话，小朋友还画了一只像狗又像猫的动物在他的书上，想着觉得异常搞笑，就跟在他身后笑个不停。

江辰被她笑得发毛，忍不住赶她：“别跟着我，你去租书店那里待着，要走了我再叫你。”

“那你给我在书包上签名我就不跟着你。”

“不签。”江辰瞪了她一眼，一脸“你再跟着我试试看”的表情。

陈小希想说什么又不敢，一脸很落寞地走开了。

江辰看她情绪低落的样子，觉得似乎做错了什么，但又觉得纪念册、签名这样的东西是给会分开的人留的，他们不会，何必多此一举。

十几分钟后江辰去找陈小希，发现她坐在地上捧着漫画看得正开心，因为怕笑出声音，她捂着嘴巴忍笑忍得眼睛里闪着晶晶亮的小东西。

果然……不需要太担心这家伙所谓的情绪低落。

江辰用脚轻轻地踢她的脚：“走了。”

她抬头，笑盈盈的样子像是会感染似的，让他忍不住也扬起了嘴角，但很快又撇了下去，因为知道自己有个招摇的酒窝。

“你买了什么东西吗？”陈小希坐的姿势有点压着腿，站起来麻得她不得不靠着墙。

他晃了晃手中的一本书，陈小希仔细一看，是《本草纲目》，疑惑地问他：“你又不是要学中医，看这个干吗？”

“爱好。”

“真奇特的爱好……”

“走不走？”

“腿麻，不如你把我打横抱回去？”陈小希涎着脸笑。

江辰横她一眼：“不如我把你打晕了拖回去？”

……

“你们怎么在这里？”陈小希后脑勺被什么打了一下，转头看到一个粉红色的气球，气球后面是一张气球也挡不住的大脸，正是高一时的副班长兼死胖子王达庄。

“打电话到你们家都找不到人，说是出去了。你们怎么遇到的？”

“我们是……”

“找我们干吗？”江辰打断陈小希的话。

“聚会啊，我昨天收拾东西时发现我那里竟然还留了一部分高一的班费，就想说干脆出来聚会花光啊。打电话给大家，发现大家都闷得发慌呢，就干脆约了下午聚会。”

陈小希说："你居然不贪污，看来胖的干部也有清廉的。"

王达庄想用手里的气球打她，陈小希一闪就闪到了江辰身后。

"一起走吧，已经有人在KTV等着了。"王达庄晃着手里的气球，"我买了一大袋气球，吹了丢在地上很浪漫很有气氛。"

陈小希和江辰对视一眼，传达的信息是，这人是哪个年代的?

于是他们被拖去聚会，真的来了不少人，密密麻麻地坐满了一个大包厢，一进门就嚷着迟到的要罚喝酒。

都是以前没有接触过酒精的孩子，第一次喝酒好像就往大人的世界迈了很大一步似的。

江辰的脾气是没有人敢劝他喝酒的，陈小希不一样，每个上来一句"不喝就是不给面子"，她就莫名其妙地喝了很多杯，江辰几度要拦，都在众人暧昧的眼神下作罢。

到聚会结束，陈小希已经醉得连人都认不清，拉着同桌静晓的手拼命地跟她说："妈，我考上大学了，你答应要给我买手绘板的。"

静晓也醉得七七八八了，胡乱拍着陈小希的头一脸慈爱地说："买，都给你买，妈妈还给你买很多漂亮的衣服。"

江辰在一旁看得一头黑线，慈母爱女的画面真是感人。

散场时，醉得严重的都安排人送了回去，最后剩下静晓和陈小希，两个人搂得死紧，相依为命的样子让人觉得上前分开她们简直会遭雷劈。

贝游新将静晓拖了带走，最后就只剩下江辰和陈小希，还有体积占用空间很大但是存在感却异常低的王达庄。

王达庄蹲到坐在沙发上傻笑的陈小希面前和她平视："你站

不站得起来？”

陈小希啪地拍了一下他的头：“王八蛋江辰。”

啪的声音在没有音乐的包厢里显得非常响亮，看来醉鬼完全没有控制力度。

“……”替死鬼王达庄无言地站起身。

被骂“王八蛋”的江辰一点都不觉得生气，唯一遗憾的是觉得陈小希这一巴掌可以打得更用力些。

“我送她回家。”江辰上前一拉，陈小希就站了起来，攀着他的手臂站得倒是稳稳当当。

“我和你一起送她回去吧。”

王达庄过来要搀扶陈小希，陈小希一把拍开他伸过来的手：“你是谁？我没有钱。”

陈小希这话听起来是完全没有逻辑的，但我们可以从她醉了的行为模式推断出，她喝醉后表现出来的都是她平常渴望已久或者潜意识里的事、物，比如说手绘板，比如说揍江辰。

“我送她回去就好了。”江辰说，他讲话向来有一种让人忍不住会听从的诡异力量，王达庄虽然心里不愿意，但就是莫名地点头：“好，那就交给你了。”然后默默地离开了。

“可以走路吗？”江辰问陈小希，“还是要公主抱？”

“可以走路。”陈小希镇定地回答他。至此江辰终于确定她醉到无可救药了，因为她淡然地忽略掉了他公主抱的提议。

“那我们走吧。”

“好。”

“手伸过来我牵你。”

“好。”

江辰牵着陈小希走了很远的路，她一直都很安静地跟着。

到了巷子口时江辰停下来问陈小希：“今晚发生的事你明天会不会记得？”

“不知道。”

“如果你记得，就打电话给我。”

“好。”

江辰俯身贴近，在陈小希的嘴上轻轻地吻了一下，准确地说，是在她唇上贴了一下。他也不知道自己为什么要这么做，没有对视，没有深情款款，也没有一道光打在她身上散发出天使的光圈，没有唯美的悸动气氛，但他就是突然觉得，可以这么做，想要这么做。

陈小希抿了一下嘴，缓慢地眨一眨眼睛，又打了个哈欠，酒气哈得江辰忍不住又笑出酒窝。

第二天，江辰没有等到陈小希的电话，而陈小希因为喝酒被她妈罚洗一个月的碗，她一直觉得好像有一件事忘了做，但是总想不起来。后来陈小希在书包里发现了《本草纲目》，哦，原来忘了把江辰放在包里的书还给他了啊。

〈九〉

那是大一的寒假，陈小希已经回家有大半个月了，想江辰想得厉害，他上了大学后假期几乎都待在学校，总有这样那样的事可以忙。而陈小希是一放假就飞奔回家，妈妈做了好吃的在等她回家，虽然每回都只有刚回家的头两天才可以得到皇帝般的待遇，但她也乐此不疲。

假期很好，除了想念。

昨晚陈小希打电话给江辰问什么时候回家，他说会等到快过年了再回去，陈小希哼哼唧唧地撒娇说很想念，他也只是在电话那头笑，说没有你缠着我我日子过得很清静啊。

陈小希说你都不给我打电话，他说你自己说长途加漫游很浪费钱的。

陈小希说那你好歹晚上上网陪我聊聊天，他说学校网络断了。

陈小希又说那你都不想我哦？他说还好。

挂上电话陈小希扁嘴委屈地碎碎念王八蛋呀，只是眼睛里闪烁的还是笑意。

厨房里洗菜的小希妈忍不住摇头微笑，傻孩子以为压低了声音就听不到了，也不想想老房子的隔音哪能挡住他们青春跳跃的快乐。

晚上陈小希去倒垃圾时漏了江辰的电话，再打过去就一直没人接听了，也不知道怎么回事，大概是传说中玄之又玄的第六感，总之陈小希突然觉得似乎有什么事情将要发生的恐慌，所以她拼命地回拨，直到最后听到一个女声说“您所拨打的电话已关机”。

陈小希把手机握在胸口，安慰自己说，还好还好，不是一个女声说“您所拨打的电话已换女友”。可是她依然心慌得坐立不安，又怕他出了什么事，又怕他跟别的女孩子出去。有时真觉得自己对江辰的喜欢，到了令自己害怕的地步。

她在客厅来回走了有数十趟，最后因为阻碍到她妈看电视被扔了拖鞋。她躲进房间时手机响了，是一串陌生的号码，她的心咯噔了一下，接了起来，是一个柔柔的女声。

“你好，你是江辰的女友吗？”

“是。”

“我喜欢江辰，我是学校模特儿队的队长。”

“哦，队长你要收我进模特儿队吗？”

“……”

“跟你开玩笑的。”

陈小希其实没有开玩笑的心情，只是突然来这么一着，脑袋短路了只好随口说话，说完后反倒觉得自己很淡定，有正室的风范，还是个挺幽默的正室。

那个队长还说了很多乱七八糟的话，总结出中心思想就是她认为自己比陈小希更爱江辰，更配江辰。

陈小希不知道要说什么，只觉得心乱，最后胡乱挂了电话，想了很久后照着来电记录回拨。

“队长，你说你比我漂亮，可是我没有见过你，不然你给我发张照片过来？最好是素颜无PS的。”

“……”那边沉默了很久，“你是神经病吧？”

“也不能这么说，我其实精神挺好的。你不给照片也没关系，队长你是名人，学校网站总能找到照片的，我会到学校论坛发帖子表扬一下你的美貌，和你抢别人男友的爱好。”

陈小希讲完咯一下把电话挂了，觉得真舒畅。虽然她做不出这样的事，但吓唬吓唬她也算出口恶气。

电话才挂江辰的电话也来了，语气有点着急地问她怎么了。

“没事。”只是被你的崇拜者骚扰了一下。

“那你怎么把我的手机打到都没电关机了？”

“你先打电话给我的。”小希还在想要怎么提刚刚那件事。

“你没接我就去打球了啊。”

陈小希想起那个队长电话里就夹杂着啪啪的拍球声，觉得很不对劲的同时还觉得自己像福尔摩斯，于是用阴阳怪气的语调说：“刚刚啊，我们学校模特儿队队长打电话要我跟你分手。”

“谁？”江辰的语气显得很困惑，“我们学校还有模特儿队这样的团体？”

“你是真不知道还是假不知道？”陈小希有点不耐烦，“烦死了，老说我配不上你，你到底要配什么，仙女？”

电话那头的江辰似乎有点吓到，沉默了很久，其实话一出口陈小希也被自己吓到了，但是吵架嘛，自然是挑难听的讲。

“我不认识你说的什么模特儿队队长，我从来没说过你配不上我，你到底在生什么气？”回过神来，江辰这样说。

“那她为什么会知道我的号码？”

“我怎么知道她为什么知道你的号码？”江辰莫名其妙，“你乱留号码给别人，怪我啊？”

陈小希也莫名其妙：“我什么时候乱留号码给别人了？你还一天到晚勾引女孩子呢！”

“如果你要无理取闹的话，我没有时间陪你。”江辰也有些不耐烦。

“你一天到晚没有时间陪我，那你干吗跟我谈恋爱，你忙去啊！”陈小希对着电话吼，“你去忙，你别来烦我！”

“谁烦谁。”轻轻一句话后，电话就断了。

陈小希吼得正上瘾，却被他轻飘飘一句话给震住了，听着嘟嘟嘟的断讯音也不知道要放下电话。

自己想吵架的，却一句重话都受不了，何况他说的还是大实话，的确都是她在烦着他……

陈小希不是不委屈，只是谁喜欢得多一点，谁就容易让步。于是陈小希回拨过去，没想到居然又关机了。

陈小希真是恨死电信公司的关机提示音了。

“搞什么？”江辰边骂边急忙去捞掉进水桶里的手机。

手机在水里又响了一声，然后就是咕噜咕噜冒泡的声音了，捞在手里滋滋地闪过一丝火花，然后彻底偃旗息鼓。

“嘿嘿，糟糕。”大师兄摸着头抱歉地笑，“谁搞了桶水放那里，我是问你要不要出去吃，学校食堂今天关了。”

“手机借我一下。”江辰说。

“欠费停机了。”大师兄说。

江辰不再说什么，只是拿着手机往外走。

“你要去哪里？”大师兄在身后问。

“修手机。”

“学校附近修手机的店关门了，现在寒假呀，人家回老家过年了。”大师兄又说。

江辰听到了但脚下完全没有停，手机修不了那就买张电话卡，至少给陈小希回个电话，不然她又该胡思乱想了。

没想到出了学校，发现卖电话卡的那家店也关门回老家过年了，他实在没办法只好钻进一家网吧给陈小希发邮件和QQ：手机掉水里了，找我打到宿舍。犹豫了很久还是加了那句：我真的不认识什么模特儿。

然后他玩了半个小时的游戏也没等到陈小希上线，肚子饿就跑去觅食了。

吃完饭回宿舍见大师兄抱着宿舍电话在床上聊天，笑得眼睛都眯成一条线："是啊，他不理我就出去了，饿死了，你来请我吃饭吧。"

隐约听到电话里有故作豪爽的女声，江辰停下了脚步，双手环在胸前看着大师兄，大师兄这才发现，笑容尴尬地僵住："他回来了，你跟他说吧。"

说完把电话递给江辰："我去吃饭了。"

江辰面无表情地接过电话："喂。"

"喂，是我。"陈小希的声音显得可怜兮兮，"你的手机怎么样了？"

"坏了。"

"能修吗？"

"不知道，手机店都关了。"

"哦。"

……

"你还在生气吗？"陈小希问。

"没有。"江辰随手拉了把椅子坐下。

"明明就有。"陈小希小声地嘀咕，"好了，没别的事了，拜拜。"

江辰听着嘟嘟的断线音倒是愣了，本来拉着凳子坐下就是准备跟她在“你生气了？——没有。”这样的问题上打持久战，她突然把电话挂了，让他莫名其妙地怅然若失起来。

陈小希挂上电话对刚下班回家的爸爸傻笑：“爸，您回来了啊？”

“你给谁打电话？男的女的？你才大一……”接下来自然是一番早恋危害身心危害脑门危害眼神危害一切可以危害的器官的训话。她听完很坚定地对爸爸表示了“是呀，如果我早恋的话，那就真的太不是人了”。这证明，小希同学是很孬的，同时也证明了她并不是很在意自己的人类身份。

第二天陈小希就被抓去外婆家小住，去得匆忙还忘了带手机，到了外婆家又不好意思用电话，老人家总是觉得长途电话收费是天价。陈小希想着算了，回去再跟江辰解释一下，反正他也老嫌她黏人，难得来一次就好好陪陪老人家，于是每天陪着外婆练气功、上菜市场、遛狗什么的，倒也难得悠闲，觉得这日子缓慢得好像一首古老悠长的歌。

混了一个多星期，外婆开始烦她了，说你这小朋友没事也不和男孩子出去玩，每天跟我这个老太婆混太没前途了。外婆会这么说是对面那家有个比陈小希大一岁的男孩子，外婆号称从小看这娃儿长大，人品铿锵铿锵的好，就想乱点鸳鸯谱了。

陈小希被多念几次也觉得烦，而且外婆隔三岔五地让她去对面借葱借蒜借盐借油，为了避免继续这样下去人家会怀疑外婆家很穷或者爱贪小便宜或者有乞丐的潜质，陈小希只好强烈地要求回家。

她是傍晚时分回到家的，行李一放就去找手机，手机几天没用，电池已经耗尽，找半天又找不到充电器，气得在原地团团转，转完了才想到原来这世界上还有一种东西叫家用电话，于是飞奔去打电话到江辰宿舍，半天没人接，又赶上吃晚饭了，只好吃了晚饭再说。

吃完晚饭她被妈妈缠着聊了半天的外婆，基本上连外婆夜里起来上几次厕所都报告了她才得以脱身，进了自己房间打开手机，哗啦啦地进来一堆短信，打开来看，最近的一条是十分钟前江辰发的，只有两个字和一个惊叹号：下来！

陈小希边往外跑边看短信，上一条短信是江辰二十分钟前发的：我在你家楼下，下来。

小希心里念着死了死了，这么冷的天让江辰等了那么久，死定了死定了……

江辰靠着巷子的围墙玩手机，幽幽的蓝光照得他的侧脸轮廓特别分明，像是用钢笔勾出的轮廓线，走近了还可以看到他的眉头微皱，颊边抿出一个深深的酒窝，他察觉到脚步声，侧眼迅速扫了她一眼，又垂下眼去看手机的屏幕。

陈小希停在离他有两只手臂长的位置就不动了，睁大眼无辜地看着他，不敢走过去呀……陈小希脑海中浮现出八个字：死罪可免活罪难逃。

僵持了几分钟，江辰把手机往裤子口袋里一塞："你干脆别下来。"

陈小希小幅度地转了一下眼球，心想我哪敢啊……

"我去我外婆家了，忘了带手机，我手机没电了，唉，你怎么知道我回来了？你又什么时候回来的？你的手机修好了？”陈小希试图解释了一下，又觉得前前后后的事情好像也不是一两句话说得清楚的。

江辰倒是知道她丢三落四的性格，虽然心里明白这家伙就算真生气也不会完全不跟他联络，但还是莫名其妙地就把学校的事情都解决了赶回家，这才从李阿姨嘴里知道这笨蛋被抓去外婆家了。

陈小希见江辰不说话，只好主动开口：“你什么时候回来的？”

“刚回。”其实回来好几天了，但这两个字也不知道怎么就脱口而出了。

江辰看了她一眼：“你站那么远干吗？”

陈小希螃蟹般横着挪了几步，和他并肩靠在墙上。其实两人正式交往也不过三个多月，还有着一点诡异的不知道可不可以称之为“暧昧”的氛围，分别了一个多月又给这氛围里添了点不自在。

陈小希搓搓手臂又挠挠头：“好像有点冷哦。”

江辰低头看她，见她把头发挠得乱糟糟，忍不住伸手替她把垂在颊边的头发钩回耳后：“那回去？”

陈小希缩了缩脖子，觉得他指尖不小心划过的地方像是有一串电流穿过。

“有那么冷吗？”江辰明显误会了她缩脖子的动作，伸手揽过她的肩，“你穿得跟粽子似的怎么还冷？”

“哪里像粽子？”陈小希抱怨着靠到江辰肩上，“呵呵。”

“傻笑什么？”

“没有，就好久不见了呀。”

“白痴。”

“呵呵。”

“还笑？”江辰偏头去看她，见她笑得眼睛都浮上了一层水汽，在黑暗中显得特别明亮，他忍不住也想笑，但又觉得傻，就推了一下她的头，“不是说冷？回家吧。”

陈小希心里纳闷啊，这人怎么这样……个把月没见怎么一见面就一直赶她回去啊，走又舍不得，不走又不矜持，只好一咬牙：“那我回去了。”

慢吞吞地走了两步也不见他追上来，她干脆就小步跑了，快到楼梯口时身后突然传来急促的脚步声，一转身就被摁在了楼梯旁的墙面。

陈小希没有反应过来，只是愣愣地盯着江辰T恤的领子，心跳得如鼓在捶。

江辰也不知道追上来干吗，突然觉得不能就这么让她回去，就追上来了，具体想说什么想做什么也说不出个所以然来。

两个人杵在黑暗的空间，面对面贴得有点近，空气里有灰尘的味道，但更多的是彼此的味道，熟悉且暧昧。

陈小希低头不自在地摸了摸鼻子，头发轻轻地扫过江辰的脖子，江辰没躲，只是忍不住眯起眼睛，想看清楚她的样子，但光线太暗实在是看不清楚，心里莫名地就觉得她变好看了，很顺眼。

既然这样了，就亲一个吧。

江辰正要低头，一直垂头不说话的陈小希却突然抬起了头，踮脚迅速地在他嘴角撞了一个吻，然后推开他的手臂，连跑带跳地上了楼梯。

江辰摸一摸被撞得隐隐作痛的嘴角苦笑，想到一块儿去了啊……

〈十〉

时间十七点四十五分，陈小希挽着江辰的手在超市里晃荡，江辰两次提出，天气热，不要挽着手，但都被无视了。

当时针和分针在钟面上形成一条直线，并且构成一百八十度时，我们除了可以感叹作者是一个对时间以及角度十分敏感的伟人外，还可以预感，有事要发生了。

是的，有事要发生了。

陈小希兴奋地举起一盒包装得十分诡异的薄荷糖："我想买这个。"

她有种诡异的癖好，看到包装好看或者奇怪的东西就忍不住想买，宿舍里大大小小堆了不少乱七八糟的瓶子、盒子，被宿舍室长偷偷地扔掉不少。

江辰低头看了一眼："你不是讨厌薄荷味的东西？"

"可是盒子很好看。"陈小希抓着江辰的衣服袖口晃，两眼闪着星星亮光，"你吃就可以了嘛。"

"不要。"江辰一口就拒绝了，这女人总做这种事，买一些乱七八糟的不用的东西，到月底就嚷着没钱吃饭，给她储值卡又不肯拿，很烦。

陈小希的眼神黯淡了下去："不要拉倒，我给室友吃。"

“不准买。”江辰抽走她手上的盒子，放回架子上。

“我又没让你买给我，我用自己的钱，凭什么不准买？”陈小希有点难以理解，忍不住就顶嘴了。

江辰一愣，对哦……怎么就没想到他买给她就行了呢……

很多事情都讲究时机的，时机过去了，再怎么说都显得奇怪，再加上一点点的恼羞成怒，江辰脸一沉：“随便你。”

“随便你”这么随便的三个字，陈小希向来是不喜欢的，但再怎么不喜欢的话，从江辰的嘴里说出来，她除了接受也没有别的办法，这种被吃定了的感觉，有时真是让人心头泛起委屈。

走在即将不欢而散的道路上，江辰偷瞄了几眼低头一声不吭的陈小希，几次想要牵起她的手都因为拉不下脸而作罢，送她回到宿舍楼下，看她冷淡地说了句我回去了，然后就头也不回地上了楼，跟平时的样子完全不同，平时她总要磨磨蹭蹭地说一堆话还得演几遍“你回去吧，我看着你走，啊你怎么就真的就走了？回来呀，你得跟我说我看着你上楼啊”。

她的宿舍距离他的宿舍也就是五分钟的脚程，但他常常走不到半途就会收到她的短信，说一些无聊的内容，宿舍里谁打翻了颜料，谁的衣服泡了一个星期还不洗之类的，明明才见完面聊完天，她却总是能找到所谓的“刚刚忘了跟你说哦”的话题。

但今天江辰等了一晚都没等到陈小希的短信或者电话，按照国际嘴硬惯例，我们说江辰没有在等电话，他只是隔几分钟看一看手机屏幕上的时间而已。

第二天上午因为两人上课的时间不同所以没见面，还不到中午陈小希就发了短信来说她中午要和同学一起吃饭，顺便讨论课题。

下午上课时她居然来了短信，说他们中午讨论的结果就是出去采风，接近大自然，三天两夜，即将出发，立马出发，已经出发。

江辰太错愕了，以至于脑海中瞬间闪过的都是陈小希平时八卦给他听的，谁谁谁一起出去做课题回来就在一起了，谁谁谁原先都有男女朋友一起通宵做版画就同时出轨了……

他发了短信过去问和谁，她回过来一串名字，有男有女，而有一个名字引起了江辰的注意，叫什么名字就别问了，留点隐私给人家。

陈小希在学校里也是有人惦记着的，只是她神经粗，加上全身心扑在江辰身上，所以自己一直有着行情不好的错觉。但江辰看得清楚，对于她在这方面的错觉和不自信，他从来就没有想过帮她纠正。他虽然不动声色，但他一直知道一个深刻的道理，所谓“不怕贼偷，就怕贼惦记”。

江辰给陈小希发了一个短信，内容是他和某某某最近也要和教授一起去参加研讨会。

这个某某某自然是个女孩子的名字，某某某自然是对江辰有着某种程度的不怀好意，但鉴于保护隐私的原则，我们自然也不能说她的名字，总之江辰这个谎言的目的就是，让陈小希忍不住每天打电话查勤，从而达到他婉转地也查她的勤的目的。

以陈小希的智商，自然是掉陷阱里了。

就这样，即使是吵架后极其想要进入冷战期的陈小希，还是忍不住每天打电话给江辰，问他在干吗，还得先报告一下自己的行程以换来他几句简单的交代。

三天后，江辰去车站接陈小希，去之前他短暂地反省了他们吵架的原因，觉得自己有某方面的不足，所以他去超市把陈小希说盒子好看的那种薄荷糖六个不同颜色包装的口味都买齐了，里面的糖果都倒给宿管阿姨的孩子，那孩子虽然一嘴一句谢谢哥哥，但是看着他捧着六个空盒子走掉时的眼神，分明写着大人都是疯子。

见到陈小希时她身边站着那个不便透露名字的某某某同学，还有她的头发剪短了，看上去神采奕奕。

她正一脸严肃地和他说着什么，甚至没有发现江辰走过来了，等到面前的光被挡住时她猛地抬头，眼神中显现出一丝一闪而逝的错愕，然后瞬间炸开一个笑容，弯着眼睛，从眼尾溢出来一种显而易见的欣喜。

被这样的眼神看着，有再大的火，也瞬间熄灭了。

陈小希伸手去挽住他："你怎么来了？"

"过来买路由器顺路。"江辰说。电子商场的确是在车站附近，但哪个是顺路的，就只有他自己知道了。

陈小希早已忘了先前两人的不愉快，紧紧抱着他的手臂："我跟你说，我们这次拍了很多照片，我们的班长还画了一幅很有灵气的油画，老师说啊……"

江辰看着她喋喋不休，还抽空对旁边那个一脸尴尬的某某某同学笑了笑，如果非要给他这个笑容下一个注解，那就是"我们家小希只要见到我就会这么兴奋，见笑了"。

某某某同学默默地退开，这两人看向对方时，眼睛里都是藏不住的闪亮，那是时间空间中只能看得到彼此的存在，实在让人没有插足的余地。

陈小希陪着江辰去买了路由器，因为时间和线路关系，回学校的公交车上很空，两人并排坐在最后一排，陈小希献宝地给江辰看她这几天的画，还搭配一些自夸的不要脸介绍，江辰扫了几眼就失去了兴趣，毕竟她的画在他看来不会比解剖图好看多少，倒是她因为低头翻素描本而垂在两颊的头发更能引起他的注意。

"你什么时候剪的头发？"江辰伸出手去，用食指挑了挑。

"前天。"

"为什么不告诉我？"

"为什么要告诉你？"陈小希一头雾水。

她这一反问，江辰瞬间意识到自己刚刚的问题特别具有怨妇气质，但是说出的话就是泼出去的水，除了硬着头皮装理直气壮也没别的办法，所以他说："你的头发是我的。"

话才说完，陈小希就横着往边上挪了挪，把大大的素描本搂在胸前做防卫状："你不是江辰，你是谁？撕下你的面具！"

江辰决定恼羞成怒地不说话。

"喂，你干吗不说话？"陈小希戳他的手臂，见他还是不理，干脆去拉他抱在怀里的双肩包拉链，拉开了就往里面塞素描本。

"你干吗？"

"放你那里。"

"你自己不是有包？"

"太重了嘛。咦？什么啊？"因为素描本的挤压，包里传出金属碰撞的声音，她伸手进去掏出来一看，是之前害他们吵架的罪魁祸首糖果盒子啊。

陈小希瞥他一眼，想笑却拼命憋着，还要装出不屑的样子：“干吗？买来送我啊？”

“嗯。”

“真的？”陈小希拿着盒子翻来覆去地看，“你总算有一次觉得自己错了啊。”

“你想太多了。”江辰淡定地拉上被陈小希翻得乱七八糟的背包，“谁说我错了？”

“那你干吗买？还买那么多？”

“那是为了提醒你以后不要惹我生气。”

“……”

摇摇晃晃的公交车，载着秋日三四点的阳光和斗嘴的小情侣，驶向它该去的地方。

他们的大学

放暑假前的一个星期，陈小希突然打电话给江辰，让他到食堂找她，因为最近江辰跟着教授赶课题，她也很懂事地消停了一阵子没有黏着他非要三餐一起吃，所以江辰一接到电话就马上匆匆地从教室往食堂赶。

到了之后，发现她买了一桌的饭菜，虽然只是食堂的饭菜，但对于每个月生活费都捉襟见肘的陈小希来说，无异于是中了乐透的节奏。

陈小希叼着吸管眉飞色舞地问江辰想喝什么，她去买。

“不喝。”

她又问："那你还想吃什么？随便点啊。"

江辰被她突如其来的包养者气焰震得一愣："怎么回事？"

陈小希笑得神秘兮兮："嘿嘿，我跟你说啊……算了……吃完饭再告诉你！"

江辰坐下，不吱声。

"好啦。"陈小希妥协，"我跟你说啦，我找到暑期工了，这个暑假我会留在学校一个月，这样你留校做实验的时候，我也可以陪你了啊！"

"我这个暑假不留校。"

"不是吧？"

陈小希把饮料往桌子上一放："你怎么没告诉我！"

江辰夹了一块咕噜肉："你找暑期工也没告诉我。"

嗯，酸甜度刚好，肉还挺嫩。

陈小希看他一脸满不在乎地吃着东西的样子就来火了："我是要给你惊喜啊！"

而赶着把课题做完想陪女朋友回家过暑假的江辰只是冷冷地哼了一声。

前一秒钟陈小希还在怒火中烧，这一秒她却突然冷静下来了，眼眶一酸，半晌说不出话来。

有时候觉得自己可悲的不过就是因为对待爱情的态度，你满腔热血，他一盆冷水。

气氛不对。

江辰想说点什么缓和一下，可是对于她擅自去找工作的事情又觉得生气，女大学生因为兼职而发生的社会新闻跟走马灯似的在他脑中一遍一遍地过。

小概率事件，可是因为是她，总是不由自主地做最坏打算。

“暑期工别做了。”江辰说。

“已经拿了一部分工资了。”陈小希小声说。想一想，她又补充：“是系上师兄家餐饮店招的暑期工，很安全的，他怕我们暑假没有生活费，就给我们几个都先发了一部分工资。”

“不准去。”江辰硬邦邦地说，“钱我帮你补。”

陈小希重复地把饮料的吸管拔出来一点又用力地推进去，塑料摩擦发出微微刺耳的声音。

“不用了，我要去。”她还是没忍住，小小声地说，“又不是自己赚的钱。”

江辰一愣，反驳：“我有奖学金，比你这种赚法聪明得多！”

“你管我哪种赚法！我靠我自己的努力赚钱，笨一点又怎么样，有什么丢人的吗？”

“随便你！”

不欢而散。

随后是紧张的期末考和论文，两个人碰面的次数也少，大部分时候也只是沉默地在食堂吃饭，偶尔聊几句也默契地不提暑假打工的问题。

但世间的一切都是这样，不会因为逃避，就不发生。

陈小希还是开始了她人生的一份工作，离学校不远的闹区新开的奶茶饮品店店员，她第一天的工作就是在街上派发传单，一天下来脚底都磨出泡来。回到学校她也不敢找江辰抱怨，只是发条短信说我兼职回来了，已经在店里吃过晚饭，江辰的回复也只是简单一个“哦”字。

第二天老板表示新店开张的宣传工作做得不到位，创新不够，吸引力不够，要针对现在暑假期间的中小学生市场，打造耳目一新的感觉，于是大手一挥，买了几套卡通动物服装，让店员都套着卡通服上街发传单去。

陈小希分到的是一套粉红色的恐龙装，七八月的天气，套在一个毛绒卡通装里，陈小希站不到十分钟就开始用全部的知觉去感受背上一颗颗大汗滚动着裹住小汗，最后变成一条水注在背脊上流淌。

于是人们可以看到一只粉红色的恐龙，每过十分钟就把脑袋摘下来大口喘气。

而就在某次陈小希刚把恐龙头戴上去的瞬间，她看到了那个曾经打电话跟她扬言要追江辰的学校模特儿队队长，因为身高限制，陈小希的眼睛够不着恐龙的眼睛，只能从恐龙的鼻孔看出去。

队长的大长腿和美貌对于陈小希来说都是浮云，只觉得哇咧！队长的衣服好合身好凉快啊！

陈小希默默地目送队长和她海拔一样超群的两个同伴走远，还在暗自庆幸没有被看到，突然发现三位美女有说有笑、连蹦带跳地往回走。走到她面前围住她，笑眯眯地说：“你好可爱啊，我们想跟你合照可以吗？”

陈小希不敢出声，晃着硕大的恐龙脑袋用力地点了点头，一晃差点把恐龙脑袋晃下来，又手忙脚乱地去扶，引发了几个“大”美女尖叫说着好可爱。

三个人搂着陈小希轮着拍了数十张眨眼吐舌嘟嘴的照片，最后满意地走了。

陈小希正想把大脑袋摘下来透气，又看到远处有个熟悉的身影，定睛一看果然是江辰，又认命地把抬起来摘头套的手放下来。

他们大概是组团来笑话她的吧，想起那天她信誓旦旦地说靠自己的努力挣钱没什么丢脸的，更觉得今天躲在恐龙服里生怕被发现的自己丢脸极了，相比于做不到，还没试过就开始大放厥词才更丢脸吧。

陈小希沉浸在自怨自艾里，一抬头才发现江辰已经到了面前，似笑非笑地看着她。

陈小希突然觉得恐龙服像个硕大的黑洞，罩着自己逃无可逃。

江辰突然低下头，以额头轻轻地抵住她的恐龙脑袋："挺可爱，还长高了点。"

……

闷闷的哭声从恐龙装里传出来，江辰吓了一跳，用力把她的恐龙脑袋摘下来，摘下来的瞬间又吓了一跳，少了恐龙脑袋的遮挡，陈小希的哭声万马奔腾震耳欲聋。

江辰看着她满头大汗，跟水里捞起来一样的头发湿答答地贴在脸上，一边帮她抹汗一边帮她抹泪，不由得觉得女人真是水做的，都流了这么多汗了居然还有眼泪。

后来陈小希在树下乘凉，喝着江辰从店里买来的冰奶茶，指手画脚地指挥他："主要发给中小学生！我们的市场是要针对放暑假的中小学生！你主动一点！"

眼看过来跟江辰拿传单的都是妙龄少女，陈小希提议："要不我的恐龙脑袋借你戴？这样可能宣传效果更好点。"

❤

分手的日子

〈江辰篇〉

和陈小希分手后的第一个春节，江辰辗转知道了陈小希因为失业而早早就回家等着过年的消息，他本来被安排了在大年初二值班，已经早早打算好了不回家过年，反正他也不喜欢家里过年的气氛。因为他爸的关系，过年家里来来往往的人都是那种“我不说我是来送礼的，但我其实是来送礼”，每个人讲话的风格也都差不多是那种“我奉承得很明显，但我觉得你其实不知道我在奉承你”……

而且他并不想见到陈小希。

只是大年夜的晚上，他突然就和同事调了班回家，十个小时的车程，堵车堵了五个小时，没在大年夜赶过路，没想到会有这么多人赶着回家，赶着去见想见的人。

江辰回到家时已经凌晨三点，自己悄悄地开了门进了房间，没换衣服就先去拉开窗帘看对楼的窗户，想知道那个人，还有没有半夜蒙头在被窝里用手电筒看小说，会不会透不过气了就掀开被子，手电筒的光瞬间一晃闪过黑暗，像突然划过的流星。

站了有五分钟，江辰突然意识到自己的行为很蠢，默默地拉上了窗帘。

咽不下那口气，又松不开那双手，人生这么纠结，比“乙状结肠扭转”还纠结……

大年初一早上江辰从房里走出来时，他爸吓得把手里的烟掉到了正在帮他点烟的某某主任身上，烟头烫得主任哀号了一声，但立马又堆上笑脸：“被火烫到会旺，会旺。”

江辰面无表情地点头打了招呼，在浴室外的走廊上又成功地吓了他妈一跳。

没有人执着于他突然回家过年，就像没有人执着于他不回家过年那样。“太忙”这样的借口，充斥着他成长的时光，不过没关系，他原本就不爱被管着，陈小希似乎也知道他的习性，黏他黏得紧，却从来不曾管过他什么或者说从来不敢管过他什么，有时候真觉得她傻乎乎的好像和他永远想不到一块儿去，却是再了解他不过了。

真是……又关那个头发乱糟糟的前女友什么事。

他房间的窗帘从昨晚开始就没有再拉开过，他居然幼稚地觉得，拉开就输了。

没有人知道他回来，自然也不会有人来找他，所以大年初一他蒙头在房间里睡觉，醒了睡，睡了醒，竟然过起了陈小希每次放假过的生活。

手机在桌子上总是滴滴地响，拜年的短信累积了数百条，江辰一条都懒得打开。窗外有时会传来鞭炮的声音，噼里啪啦的，不知道在谁的心里炸开了花。江辰有时会听到陈小希她妈妈的声音，中年妇女特有的高频率声音，在各种杂音中特别清晰，“小希别吃那么多零食，肥得都走不出门了”“小希把掉到地上的瓜子壳给我扫干净”“小希大过年的你看什么动画片”……

小希小希小希……

这个女人，不管走到哪里都不让人省心。

这个女人，就在隔壁，哪儿都不去。

这样想着，他好像莫名就安心了。

又是一觉醒来，江辰坐在床沿迷迷糊糊地就去拉窗帘，像以前的无数次那样，惯性使然。天色已经昏黄，陈家二老正在吃晚饭，那女人不知所终。

江辰坐在床沿看了好一会儿窗外，视线不知道该落在哪个地方，就这么呆呆地坐了一会儿，想了很多又好像什么都没想，只是就这么呆呆地坐着。

突如其来的恐慌，有那么想念吗？有那么想见到吗？有那么害怕她没有你也过得多姿多采吗？

没有。

没有吧。

房门叩叩地响了两声，没等他回应就被打开了，李阿姨站在门口说：“小江，你爸妈去饭局了，让我来给你做饭，饭我做好了，我回去了。”

“好。”江辰点头，却在她转身要走时突然叫了一句，“李阿姨。”

李阿姨以为他还有什么事，站着原地不动等他开口。

“辛苦了，慢走。”江辰这么说，咽下了那句“知道对面陈家的女儿去哪里了吗？”

怎么会知道，不会知道。居然莫名其妙到了逮人就问的程度，也真是可笑。

李阿姨慈祥地笑：“好好吃饭，新年快乐。”

“新年快乐。”

又是一个人，说不寂寞是骗人的，但寂寞着寂寞着就习惯了不是吗？只是曾经热闹过，再回归寂寞，就像谢幕完的舞台，徒留失落和苍凉。

自己吃完晚饭，江辰把东西简单地收拾了一下，其实也不用收拾，昨天带回来的旅行袋就是从里面拿了一套衣服出来而已。然后他去车站买了一张车票，回城。

大年初一晚上的长途客运空得很，回城的车也少，司机可能赶着回家团圆，车开得飞快，大过年的要讲吉祥话，那可完全是找死的速度。

快到城里时江辰接到他妈的电话，这才想起走得匆忙，忘了交代一声。他妈数落了他几句，内容也不外乎你这孩子从小到大都不听话，偏要选医生这种忙死赚不到大钱的工作，之前交的女朋友也不靠谱，幸好分得早……

江辰沉默地任她唠叨，直到她用无意的口气故意地提起，听说陈家那个女儿，最近相了好几次亲了。

“我准备下车了，就这样吧。”

他本来不是情绪会大起大落的人，这一刻却觉得自己快忍不住了，怕会对着他妈说出什么伤人的话，是的，他怪她，一直都怪。

窗外黑茫茫一片，车不知道走到了什么地方，但走到了什么地方都没有关系，反正没有人在等他，他也不赶着去见什么人。

因为白天睡得多，回到家江辰也睡不着，人类太无聊之下总是会做出一些不可思议的事情，比如他现在做的事，他找了墨水、毛笔和宣纸，准备重拾多年不练的毛笔字，提笔半天却落不下去，不知道写什么，怕自己不小心写出那个名字。

视线落在桌上的手机，于是捡过来翻开一条条的拜年短信，用蝇头小楷抄短信……

这么无聊，还不如拔自己的头发玩……

贺年的短信来来回回都是那几句话，没什么创意，不过也是，再有创意也不能说“祝你新年悲伤，快点死掉”，这样稍显不温情。

小时候学过毛笔字，谈不上多喜欢，但写的时候的确会让人神奇地平静下来。

如果，当你的心一整天都没法平静，最后好不容易平静了，又来了突发事件，这种心情，就像是自杀了三百六十次好不容易真的死了，突然出现个神医硬是把你医活了。

江辰的突发事件就是，陈小希的短信。他没有想到那些拜年短信里居然有陈小希的，他也没有想到陈小希的短信那么轻描淡写，她说：嘿，新年快乐哦，陈小希给您送来祝福了。

所以，他现在只是她群发短信中的一员了。

软的毛笔，使劲地按揉在宣纸上拧出硬币大小的圆，毛毛躁躁地渲开，像缩起来的刺猬。

有时候，真的觉得，承认自己不能没有另一个人，是世上最难的事，怕会像打碎了壳的田螺，露出的柔软身躯再也得不到保护。

第二年、第三年的春节，江辰都没有回家过。

〈小希篇〉

陈小希和江辰分手后就陷入了一个奇怪的循环，每份工作都做不长久，大概是人生以一个人为重心太久了，突然失去重心后，很多事情就变得不那么重要了，工作不开心辞了就换，再辞就再换。

年前她就辞了工作，原因是每天早上坐在她旁边的同事肠胃不好，经常放屁。

辞完职她就干脆回家窝着等待过年，只是过年这样的节日对于失恋失业的人来说当然不会好过，陈小希回家半个月，就已经被半胁迫半拐骗地吃了三场相亲宴，她安慰自己说，就当为父母省三顿饭钱，这样折合一算，她也算是有收入的人，可惜平均收入低了点，达不到国家的平均薪资水平，给国家扯了后腿。

基于这种赚饭钱的心理，陈小希每次相亲宴都吃得特别卖力，奇怪的是最后得到的评价都很高，有说她不挑食好生养的，有说她不做作的，有说看她吃东西就觉得很开心的，总之每次陈小希听了评价都觉得自己往美食界发展会前途无限。

每次相亲的结局自然是不了了之，当心里有一个人时，要和另一个人扮演情侣是很困难的事，至少陈小希演不了，她不得不和奥斯卡金像奖擦肩而过。

你看如果你试过从小就喜欢着一个人，你会发现，戒掉是不可能的事。那么怎么办呢，只能假装忘记了这件事。忘了他的好他的坏，他面无表情时的不可爱……真是的，跟歌词似的。

假装失忆太入戏的下场就是，陈小希在过年群发贺年短信时，也给江辰发了一条，等到她反应过来，吓得差点给江辰打电话叫他不要看短信……

不想让他觉得自己还在想着他，不想让他觉得她还想藕断丝连，不想让他觉得她还像以前那样死心塌地不羞不臊地爱着他……虽然她是，但是她不想让他这么觉得。

她想在他的世界里有尊严地静静消失，至少他偶尔想起她时，也许会忘了她当初的任性，觉得她也是个不错的女孩子。

这一切都是借口，陈小希其实是故意的，她按下群发短信时心里清清楚楚地记得通讯簿里有一个叫江辰的人，但是她演了一场戏来安慰自己，演了一场戏让自己没有收到回复时有台阶可下。

只是人到了自己都想欺骗自己的境界，那么戳破实在是一件没有必要的事情。所以陈小希没有收到回复时很开心，还好江辰知道这是一条群发短信，他没有太当一回事。

他们的重逢

江辰按下那串号码时，对自己的厌恶到达了一个人生的新高度。

听筒里传来等待的嘟嘟声，他面无表情地把手机收进白大褂的口袋里：“六十五号，周茹。”

这个周茹在医院颇有名气，主因是她每月必排一次江辰的号，然后她又有着非常傲人的身材，而她自己也以此为傲，每次一坐下第一句话就是挺起胸脯说：“医生，我胸口痛！”

这句话甚至被编入医院年会的员工表演短剧台词，成为医院内部名句之一。

关于周姑娘的胸口痛，什么检查都做过了，什么毛病都查不出来，后来还是经验老到的护士长看出了门道，询问之下才知道，姑娘上围波澜壮阔之余，还想着如何让其更加波涛汹涌，内衣必穿小一个码，通过挤压塑造出更惊人的效果。

护士小姐倒是幽默，跟她解释说现代都市人压力大，心脏容易出问题，不过你这倒是真的压力太大才出的问题……

但这个周茹还是每月固定来挂号看胸口痛，护士们都开玩笑说是为了来给江医生听诊，几秒也好。

周茹出去之后，江辰低头看了一眼口袋里的手机，屏幕已经暗了下去。

拿出来一看，通话时间一分四十二秒。

一分四十二秒，陈小希以前等他做实验，都是一个小时一个小时地等，等无聊了就蹲在墙边翻漫画书，他叫她回宿舍，她总是理直气壮地说我回宿舍也没别的事做啊，待在这里还可以塑造一个逆来顺受的女朋友形象。

外面等叫号的病人已经探头进来几次了，江辰把手机放回口袋，准备叫下一个号。

这时手机响了，熟悉的一串号码浮现在屏幕上。

以前，她吃饱了撑的改他手机里给她的备注名，什么亲爱的、美女、女朋友、Honey、Baby都试过，最后就跟黄狗撒尿占地盘似的改成“江辰是这个人的”。后来他都删了，只是号码居然忘不掉，跟刻在了脑子里似的。

接完陈小希的电话，江辰迅速打电话给同事，请他帮忙调班，联系了骨科的同事，又联系了救护车。

上了救护车，江辰莫名觉得像是大考前的状态，一方面觉得再给点时间能准备得更充分一点会考得更好，一方面又觉得，快点考吧，随便考得怎么样，重点是考完放假就好了。

能让学霸江辰都有这样的想法，陈小希也算是个人才。是啊，不是个人才的话，他也不会再次看到她后，就觉得一切突然无法忍受。

他那天是去拜访大学时的导师的，主要也是有一些学术上的问题想请教。老师的宿舍要绕过学校的足球场，他那天因为下午还得跟两台手术，所以走得特别急，不小心把人家挂在单杆上的衣服扫到地上了，他捡起来一看，是件西装，看上去价值不菲，而最近连下了几天雨刚放晴，地上还是湿的，虽然捡得快，西装还是脏了一大片。他四处看看想找西装的主人，却看到了陈小希。

陈小希。

她在足球场的另一边，和一个穿衬衫西装裤皮鞋的男人踢足球。看得出来她并不想踢，懒洋洋地不愿意跑……

那么远的距离，有轻微近视的江辰却一点都没有怀疑自己看错。

隔了距离隔了时间隔了千山万水岁岁年年，有的人还是，不见还好，一见就知道，要糟糕。

……

救护车呼啸着前进，司机大哥看江辰皱着眉头一言不发的样子，想着这江医生来了好几年了，医院里的医生护士病人看上他的不知道多少去了，但他好像只对工作有兴趣似的，让人怀疑他会不会年纪轻轻过劳猝死。偶尔开救护车时遇到他当值跟车，就会忍不住劝他不要超负荷工作。

这次他也是笑着打趣：“江医生，工作别太拼命了，耽误了娶老婆不划算啊。”

江辰回过神来也笑：“这次不耽误了。”

江辰的爱情

陈小希说："你知道吗，我以为我得了绝症，要死掉了。"

她说这句话的时候是笑着的，眼睛里却带着余悸，还有一点点莫名不好意思的羞涩。

江辰是喜欢她这样的羞涩的，虽然她大多时候都是大咧咧和厚脸皮的，但是在一些莫名的瞬间，她会不经意地流露出一丝不知从何而来的羞涩，那样的她特别迷人。是的，迷人，虽然不想用这样女人味的词语来形容她，但是这是最适合的了，陈小希迷人，真是想到都觉得搞笑。

她说她差点以为她就要死掉了。人，是没那么容易死的，每天都有很多想死的人，他们割腕、吞药、跳楼……然后被送来医院，然后又活着出去了。

是的，人不会这么容易死的，健健康康活到老的人，从资料统计上看，是比突然暴毙的人要多上许多的。

是的，这些作为一个陈小希口中见惯“大风大浪”的医生，他都知道，但还是被她一句话吓住了。如果她不在了，那么他怎么办？

不是没有经历过身边没有她的日子，死不了，只是无聊，只是一种无法长期承受的无聊，随时都像是看着一个有着很长导火线的炸弹在缓缓燃烧，等待着爆发的时刻。

如果没有那几年的分离，他不会知道，这个女人在他的生命中有多重要，重要到让他甚至怀疑过人生的意义。“没有陈小希，人生好像没有了意义。”这样的想法曾经不小心出现过，但江辰很快地就用嘲讽的态度带过了，人生的态度不能寄托在一个人身上，这是不容置疑的真理。但陈小希会说：“凭什么不能，我高兴把我的人生就寄托在江辰身上，你们管得着嘛。”

陈小希啊，对于他来说，究竟是个怎么样的存在？

这样纠结的问题，足够让江辰想上三分钟。

不是梦想不是女神不是命中注定，是江辰的爱情。这个他深爱的女人，是他曾经挣扎过是否沦陷，却终难幸免的爱情。

陈小希就是江辰的爱情，因为他没有爱过别人，因为他爱不上别人，所以他的爱情只能是陈小希，每当意识到这一点时，他都有一种一条道走到黑的悲壮啊。

陈小希在睡梦中翻了个身，哭得累了的她睡得特别沉，睡前哭久了导致鼻塞，所以还微微有点鼾声。

江辰伸手点开了台灯，陈小希只是吸一吸鼻子，没有转醒的迹象。灯光是黄色的，陈小希老说黄色的灯光看上去酒醉金迷，但江辰讨厌白炽光，太过明亮的感觉会让他觉得自己还身在医院，有时还会让他想起刚毕业时的那段日子。那个时候没有陈小希，那个时候只有空洞的忙碌，常常在医院的值班室里累到睡着，突然醒来就对着头顶白晃晃的白炽灯发呆。陈小希问过他为什么讨厌白炽灯，他没有说，她也就不再追问，只是默默地把家里的灯都换成温暖的黄色，她不会咄咄逼人，她适时让步，这也是他喜欢她的一点。

他有时会被别人问喜欢陈小希什么，他给的答案都是没有理由。其实有很多的理由，只是不想说，他喜欢她笑起来眼睛水汪汪的；他喜欢她头发乱糟糟时会用手指去扒拉然后弄得更乱；他喜欢她紧张的时候会不自觉地伸手过来掐他；他喜欢她虽然八卦但心地善良；他喜欢她虽然缠人但适可而止；他喜欢她对他无条件信任；他喜欢她有自己的一套理论，用她的理论在自己的世界里活得很好……

喜欢她，因为她不仅可以包容他的古怪、难以相处，而且对他的各种打击各种冷漠，她还能乐在其中，这样的存在，要么是游戏里为他量身定做的角色设定，要么就是神经病……

很明显，她是后一种。江辰想着想着就笑了，又侧头看了一眼躺在身边的陈小希，她的眼睛有点红，估计明天起来会肿得厉害，她总是这样，一哭眼睛就肿，却特别容易哭，或者说特别容易被他弄哭。

她那个时候说：“我都好久没哭了，这次哭又是为了你。”

而他现在也想不起为什么惹她哭了，都说如果你真的爱一个人，她的一切事情，你都能很清晰地记住。事实上那只是想象出来的浪漫，时间会让你遗忘，会让你把回忆的片段模糊，模糊到只剩一个镜头，你也许记得她眼角闪着泪花的样子，却记不住她为什么哭。

江辰记得住那时她眼角的那颗泪珠，就夹在上睫毛和下睫毛之间，摇摇欲坠，他每次只要想起那个场面，还依然能够感觉到手指有一种想要弹一弹它的冲动。

“我不能记住关于你的每个片段，但我有着关于你永生无法忘怀的镜头。”

陈小希忽然带着哭腔地哼了一声，左手在空中挥了一下，翻过身背对着他又平静了下来。江辰盯着她的背发了一会儿呆，然后左手过去将她的头微微扶起脱离枕头，右手从她的颈后穿过。再将她的头扶回枕头上，左手握住她的肩膀轻轻地一扳，右手再一揽，陈小希就顺着力被他拉着枕在了他的手臂和胸腔之间。陈小希似乎因为姿势不对或者被闷到了，脸在他胸口蹭来蹭去，好不容易才找了个舒服的姿势，又开始打起呼来。

江辰拨开她蹭在他嘴边的一缕头发，叹了口气笑，单边酒窝在昏暗的光线中变成脸上一个深深的黑点。

陈小希说世界上有更好的女孩子，是啊，为什么单单只想要她？如果非得回答，只能这样了，因为：“你在我面前哭，你在我面前打呼，而我一点都不觉得烦躁。”

❤

江辰的钢琴曲

大概是陈小希乌龙绝症事件后的第一个元旦，江医生所在的医院维持一贯的传统，试图用一个从命名上就毫无新意的“元旦联欢晚会”来给救死扶伤的白袍大夫和白衣天使们减压，还试图用“欢迎携带家属”这样的规定来昭示它的人性化。总之，家属陈小希，自打从苏医生那里听来了这件事，就一直心心念念地等着江辰邀请她一同参加。

翘首期盼了有一个星期那么久，陈小希都快从家属盼成了烈属，依然没有盼到江辰邀请的只言片语，眼看后天就是元旦了，陈小希觉得，她必须和江辰好好谈谈了。

其实作为江辰的资深家属，在死赖着他参加各种聚会这种事上陈小希有着丰富的经验，每次无论他愿不愿意，最终她总是能够成功地以另一半或者准另一半的身份站在他旁边。但是，这次她突然不想再死皮赖脸地自动跟去了，当然你可以认为她突然有了一种称之为自尊心的东西，但是事实是，陈小希最近日子过得太平顺，乌龙事件后江辰对她愈来愈好，好到几乎可以用上那个令人闻风丧胆的汉字：宠！陈小希就恃宠而骄了起来，但是恃宠而骄这样娇俏的词语不适合陈小希的气质，所以我们说，陈小希就蹬鼻子上脸了起来。

江辰下班回到家时已经是晚上十点多了，陈小希披头散发地在阳台晾衣服，见他进来也只是探头出去瞄了一眼，眼神冷淡得十分明显，江辰被冷落得莫名其妙，边解着衬衫袖口的扣子边问："干吗这副表情？"

陈小希一进来就看到江辰把外套、衬衫丢了一沙发，叉着腰瞪他："衣服捡起来放洗衣机里。"

江辰瞅她一眼，一言不发地往房间里走，陈小希想正妻纲的气势被他一眼就瞅弱了，她熟练地捡着沙发上的衣服，随口胡诌着唱："只是因为在人群中被你看了一眼，再也不能对着你黑脸……"

拿着换洗衣物走出来的江辰听到陈小希胡乱改编的歌词，哭笑不得地丢了一件T恤盖在她头上："这件也洗。"

陈小希扯下衣服，又瞪了他一眼："自己不会洗啊？"话是这么说，但她捧着衣服往阳台走的脚步倒是没有停下来。

江辰洗完澡出来时，陈小希已经在沙发上睡着了，他过去要抱她回房，手才碰到她就醒了，她揉着眼睛说："江辰，我有事和你说。”

江辰维持着抬起她上半身的动作，发梢的水滴了一串在她脸上，陈小希依然一脸没清醒的模样，江辰好笑地伸手擦掉她脸上的水，扶着她坐好：“说啊。”

“等等，我忘了。”陈小希挠了两下脑袋，“我想想。”

江辰也不催她，湿漉漉的头往她大腿上一枕，躺好了才说：“你慢慢想。”

陈小希十秒后才缓过神来，低头一看，裤子被他头发上的水打湿了一大片，也不在意，只是推一推：“坐好，我有事说。”

江辰闭着眼睛一动不动：“我这样又不是听不到。”

“你元旦放假吗？”她决定先旁敲侧击，如果某人还不开窍，就直接敲死。

“提早一个小时下班。”

“然后呢？”

“什么然后？”江辰闭着眼打哈欠。

陈小希立马就火了，揪了他头发一把：“不是有元旦联欢晚会吗？不是可以携带家属吗？你不带我去你准备带谁去？”揪住他头发的手都是水，于是陈小希用力地擦在他身上，“你现在是嫌我见不得人吗！”

江辰懒懒地掀了一下眼皮：“陈小希你很脏。”

陈小希对他的答非所问很不满，又揪住他一撮头发：“为什么不带我去？”

“你怎么知道我们有元旦联欢晚会的？”江辰不答反问。

“啊？”陈小希缩了缩脖子，“据某知情人士透露……”

“你少一天到晚跑我们医院去瞎折腾。”陈小希现在和他们医院上上下下都混得很熟，尤其是清洁工阿姨们，每次见了他就叮嘱他要好好对陈小希，他都觉得如果有天他真对不起陈小希会被阿姨们用拖把追着打……

陈小希吐舌头："你少岔开话题，你为什么不带我去？"

"因为我不准备去。"

"啊？"这倒是一个出人意料的回答，陈小希想了无数的回答，甚至想到"老子有别的女人了为什么还要带你这个臭女人出去"这样比较锻炼演技的回答，就是没有想到他居然不准备去！到底是要具备什么样情操的人，才会选择不参加免费的蹭饭活动呢？

"我不准备去。"江辰重复了一遍。

"为什么？"

"每年都是那些节目，无聊。"

"什么节目啊？我都没去过，你就再陪我去一次嘛。"

"不去。"

"为什么？"

"我不想弹琴。"江辰坐了起来，有点不耐烦，"不知道谁知道了我会弹钢琴的事，每年都鼓动我上台弹钢琴，很烦。"

"你钢琴不是弹得很好吗？"作为没有任何乐理知识的人，陈小希判断钢琴弹得好不好就是琴音有没有突然断而已，江辰弹起琴来像黏糊糊的鼻涕，断不了……瞧您这比喻……

"弹得好不代表我就不讨厌。"江辰说。

陈小希觉得他这样的想法不对，必须好好规劝一下："你得这么想啊，你小时候父母花了这么多钱送你去学钢琴，就是为了让你长大后可以在众人面前华丽地耍帅和做作啊！你不去多浪费钱啊……"

……

江辰一愣，半晌才说：“这位姑娘，你看事情的角度，很独特嘛……”

最后江辰还是拗不过陈小希去了晚会，吃完晚饭后就被一阵热烈的掌声给鼓噪得坐到了钢琴旁边，而最让他气结的是陈小希竟然是起哄起得最欢快的那个。

陈小希其实很喜欢看江辰弹钢琴，最好是深情地看着她一个人弹，最好是边弹边唱歌，最好弹着弹着就说陈小希我爱你，然后深情一吻，最好是一旁还有人撒花瓣，最好是周围有无数羡慕嫉妒恨的围观群众，最好是全球卫星直播……哎呀，貌似把场面幻想得有点隆重。

医院包下了饭店的一整层，大厅中间是装饰用的白色钢琴，一盏柔柔的聚光灯从天花板打下来，反射着温柔的白光，穿着浅蓝色条纹衬衫的江辰往钢琴旁一坐，英俊得摄人心魂。

江辰弹的是《Kiss the Rain》，不是什么古典大师级的钢琴曲，是陈小希有一阵子哈韩，一天到晚在家里循环播放某韩国艺人在节目上弹的一个曲子，他听多了居然把旋律背得七七八八了。

在座的几乎没有一个人听过，但他们能分辨出的只有《致艾丽斯》和《命运交响曲》，所以不是这首曲子的错，请这首曲子不要自卑。

三四个音符之后陈小希就听出来了，抓着身旁苏医生的手拼命地揉，脸上笑出了一朵花儿。

苏医生好不容易把手抽了出来，苦着脸：“你这是要捏碎我的手吗？”

陈小希维持着花儿的笑容激动地说："这首曲子是弹给我听的！"

苏医生翻着白眼泼冷水："就你一人听到了啊？满屋子的人都听到了，有什么了不起的？"

陈小希只是笑，不一样的，你们都听到了，但只有我听懂了。

江辰回到座位时就见陈小希仰着脸对他讨好地笑，一时也不知道要响应她什么表情，只是很条件反射地拍拍她的头……真的是条件反射，因为她的表情真的就只差插上一条尾巴摇一摇了……

元旦过去半个星期，江辰巡房时突然被一个小护士在病房门口拦住了，小护士红着脸说话结结巴巴："江江江医生，那个那个你你那天弹弹钢琴，我我觉得很帅。"

"谢谢。"江辰点点头，绕过她要走，她一个箭步又拦在了他面前，一急人也不结巴了，"江医生，我从小到大的梦想就是找一个会弹钢琴的男朋友，我知道你有女朋友，但是我不会放弃的，梦想是不能放弃的。"

江辰这才认真地看了一眼这个握着拳头发誓的小护士，挺眼生的，大概是新来的，所以他说："你新来的吧？"潜台词是，我们家神经兮兮的陈小希还没把魔爪伸到你这里吗？

小护士的脸上一瞬间闪过受伤的表情："我来了一年多了，上个月还跟过你一个手术。"

"啊？"江辰一愣，下意识地把陈小希错愕时的反应学了过来。

"算了。"小护士有点气馁，"你现在把我记住就好了，我叫崔宁宁，我真的觉得你弹钢琴的样子好帅，好像指尖下缓缓流淌出的都是深情。”

江辰突然笑了：“这年头会弹钢琴实在没什么了不起的，你的梦想可以试试看换成别的。”

“什么？”

“弹棉花，弹指神功之类的，比较与众不同。”江辰说完笑了笑，丢下一脸不可思议的小护士走了。

小护士在原地嘴角抽搐，江医生的幽默感，貌似有点诡异啊……

事情可以回溯到那天的元旦联欢晚会结束后，陈小希和江辰散步回家，陈小希嚷着吃太饱了走不动，几乎是挂在江辰的手臂上被他拖着走的。

江辰掰不开她的手，瞪她一眼：“这是动手术、弹钢琴的手，不是给你这么拽着的。”

陈小希哼了一声：“少嚣张了，这年头会弹钢琴没什么了不起的，会弹棉花啊，弹指神功啊，这种才叫与众不同、出奇制胜。”

江辰微微地用力扯开了一点她的手，扬起尾音威胁：“你说什么？”

“我说你钢琴弹得太好了，指尖下跳跃的都是深情啊深情，你一定很爱弹琴给那个女人听对吧？”陈小希涎着笑脸仰头看他。

“……”

“对吧对吧对吧对吧？”

“对，她最不要脸了。”

他们的新婚

这是江辰和陈小希婚后的第一个春节，在哪里过年这个问题从过年前两个月就开始困扰陈小希。按理说嫁给了江辰自然就得到江家过年，但江家二老对她这个媳妇的存在一直是采取“如果我们一直当你不存在，也许有一天你就会不存在了”的侥幸态度，而陈小希觉得他们这种怀抱着幻想的侥幸是不可能实现的，因为她自诩为打不死的蟑螂，就算江辰死了，她都是在他尸体上爬来爬去的蟑螂！

陈小希把这样的想法告诉江辰后得到了他严肃的指责：“白痴，会在尸体上爬来爬去的是尸虫，不是蟑螂。”

陈小希表扬了他的博学以及思维："江辰你怎么什么都知道啊？而且你不把骂我的重点放在你死掉变成尸体这件事上，我真心喜欢你这么跳脱的思维，小子，我欣赏你！"

陈小希拍拍江辰的肩膀，笑眯眯地朝他挤眉弄眼。

江辰掸灰尘似的拂开小希搭在他肩膀上的手："我死了你就变寡妇了。"

陈小希不以为然，抱住他的手臂仰起头讨好地笑："你死了我殉情。"

江辰拍拍她的头："我都死了，你就放过我吧。"

"不放。"陈小希依旧讨好地笑，"不过可以放过你几天，这样吧，过年你回你家，我回我家……"她停顿了一下瞄瞄他的脸色才接着往下说，"然后过完年我们一起回我们家。你说好不好？"

江辰看她笑得眼睛弯成月牙儿，心里忽然一阵内疚，自己的家庭给她带来了困扰，她不吵不闹，只是小心翼翼地、讨好地提出她的要求。

"你喜欢在哪里过年就在哪里过年，其他的交给我，不用担心太多。"江辰俯身在小希弯弯的嘴角上啄了一口，"你这种讨好的笑，练得是愈来愈炉火纯青了。"

陈小希一蹦三尺高，搂住江辰的脖子在他左右脸各亲了一口："你最好了！我最爱你了！"

不过陈小希快乐的小火苗维持到晚上打电话回家就被她妈三两下浇到只剩青烟。当她兴奋地叙述完准备回家过年后，却被她妈劈头盖脸地训了一顿。

小希妈苦口婆心地劝了女儿一番风俗习惯和婆媳相处的道理，没想到自家姑娘不买账，嚷嚷着直说想回家过年。小希妈心里着急怕女儿不懂人情世故惹人闲话，加上本身不是很有耐性的人，于是讲多了几句就开骂了："陈小希我怎么养了你这么个白痴女儿，反正你不准回来，你要回来我拿扫帚扫你出门！"

陈小希不以为然地耍嘴皮子："我体积大，你扫不动我。"

小希妈见女儿还在油嘴滑舌，只好下猛药："你回来的话，我跟你爸就出去旅游，你忍心看我们两个老人家被你逼得大过年的有家不能归你就回来过年吧。"

说完小希妈就把电话给挂了，小希握着手机气得直捶在一旁看书的江辰。

江辰举着书挡了几下，最后啧了一声，不耐烦地道："别闹了。"

换作平时，陈小希就会乖乖地收手不去烦他，但她现在心里正烦着，被江辰啧了一声更是怒火中烧，抢下他的书丢到沙发一角，跳到他身上掐住他的脖子猛摇："你啧我！你居然啧我！我掐死你！"

江辰被晃得头晕，一把将她从身上拂开，按在沙发上然后翻身用力压住。

他沉得像石头，陈小希被压得呼吸不顺畅，只觉得胸腔里最后一点空气都被他挤出来，挣扎着叫："放开我！"

"道歉。"江辰更是用力地压住她的上半身。

陈小希难得有骨气地不肯道歉，只是拼命挣扎着想从他身下钻出来，但她愈是挣扎，他就压得愈紧，后来她连脸都被他压在脖子下，一挣扎她的鼻子就蹭到他的喉结，然后陈小希就觉得，与其武斗，不如智取！她的智取就是——伸出舌头，在江辰的喉结上，轻轻地舔了一下。

江辰的身体瞬间一僵，陈小希用力一推，从他身下钻了出来，滚下沙发后拔腿就往房间跑，就在她的手要握上门把的前一秒，衣领忽然从背后被拉住一扯，她失去平衡往后摔，腰却被一双手托住了。她正松口气，托住她腰的手却环抱住她整个腰，然后不知道怎么使的劲儿，她整个人就被倒着扛到了肩上。

陈小希被江辰扛米袋似的扛在了肩上，只见江辰两条腿大步地朝前迈。

“放我下……来！”

后来在床上这个地点，江辰就对陈小希做了一些丧心病狂学校不教电视不准播网络浏览时会跳出十八岁以下不能看的事情。而陈小希也是有收获的，她的收获是：以后在选择“与其武斗，不如智取”前，先掂量一下自己的智力，不要自不量力。

第二天晚上吃过晚饭，陈小希拖了江辰陪她逛商场买礼物给两家的父母。江辰大包小包地提了七八袋后不愿意了，拦住她：“你是要回家开补品店吗？”

陈小希点了一下他手里的袋子：“哪有那么夸张，你爸妈一份我爸妈一份，我妈说了，你家档次高，让我别失礼。”

“这种东西他们过年收的不会少，你买你爸妈的那份就好了，别糟蹋钱，到时又一直跟我哭穷。”

自从江辰住进陈小希租的小套房后，两人就合计着买自己的房子，经过研究对比发现，相对江辰的收入，陈小希的可以忽略不计。所以陈小希就提出把江辰每个月的收入存起来，而自己的收入用于家庭日常开销。江辰的金钱概念向来模糊，读书时管班费就常常得倒贴钱，陈小希管钱他也乐得轻松。只是陈小希的金钱概念也好不到哪儿去，所以一到月底陈小希就哭穷，但又不让江辰动用他的工资，江辰被她气得够呛，而且还莫名有了一种养不起自己女人的挫败感，明明他赚的钱，养十个陈小希都绰绰有余啊……

最后陈小希还是把她觉得该买的都买了，买完回家一算账，指着江辰埋怨："你为什么不拦住我？"

江辰翻了个大白眼，我拦得住吗……

陈小希直捶他："我让你冲我翻白眼！我让你冲我翻白眼……"

江辰明白她暴躁只是因为要跟他回家了紧张，也不跟她计较，只是微侧身子用手臂比较不怕疼的肉去接她的拳头。

陈小希一边捶一边骂："你居然冲我翻白眼，你这个白眼狼，吃我的喝我的住我的你居然冲我翻白眼！"

江辰冷冷瞟她一眼，挑眉："哦？你再说一次？"

陈小希缩了缩脑袋："呵呵，我是说我们共同参与了那个……那个经费的支出……"

春节前几天，陈小希和司徒末约了一起去剪头发。陈小希原本只是想修一修发尾，哪知那发型屋的发型师嘴上功夫了得，三言两语就劝得陈小希烫了个大波浪卷发。他是这么说的："根据我多年的经验，我觉得你烫卷发肯定好看，会有一股成熟温婉大方的气质。"作为一个万年娃娃脸，陈小希的死穴就是"成熟"两个字，她原本还想听听司徒末的意见，一转头见司徒末已经一脸慷慨就义地被安置在烫头发的机器下了，回给她的表情是“自身难保，好自为之”……

陈小希再幻想一下自己成熟温婉大方的模样，觉得回江辰家一定忒给他长脸，心一横：“烫！怎么成熟怎么烫！”

于是在两眼无神地发呆了三四个小时后，陈小希和司徒末各顶着据说超级适合她们的发型，回了各自的家。

江辰开门时陈小希正背对着门在挂新的日历，听到开门声，微微侧转了脸。那发型师说了，这发型就是搭配侧脸最好看，什么乌黑秀发中微微露出一抹脸的轮廓，比剪影还神秘还美！

江辰愣了几秒，回过神来才带着笑意缓缓地开口：“妈，您怎么来了？”

陈小希的侧脸一僵，一字一句地咬碎了牙：“江！辰！我！要！杀！了！你！”

陈小希晚上和司徒末通电话：“末末，我想杀了我家那口子。”

司徒末在家也被自家男人打击得够呛，但倒是明辨事理：“我觉得，我们杀了那发型师才叫冤有头债有主。”

第二天陈小希携司徒末，两人换了家发型屋把蓄了几年的长发咔嚓一下了结了，真是“发丝三千为君剪，发型师你给我小心点”！

因为江辰要值班，他们俩等到大年三十晚上才踏上回家的归途。陈小希原本是上了车就可以睡得东倒西歪的人，但一路上担心回到家太晚会害得公婆要等门，也睡不踏实，反而是江辰，枕着她的肩膀睡得天昏地暗。

到家时已经是凌晨两点，陈小希发现自己白担心了，江家黑灯瞎火，一派沉寂。她不知道是他们向来如此，还是为了抗议她这个他们不满意的儿媳妇。

江辰抚着她齐耳的短发：“给爸妈打个电话说到了，灯都亮着呢。”

对面的陈小希家灯火通明，小希爸妈坐在沙发上打着瞌睡守着电视机守着电话，接到女儿女婿报平安的电话，才安心地去睡觉。

睡下时，在江辰那张并不大的床上，陈小希从背后抱住江辰的腰：“是因为我吗？”

江辰覆上她的手背：“别胡思乱想，他们很忙，向来如此。”

向来以“爸妈很忙，男孩子要学会独立”当借口，光明正大地不给予任何陪伴。

陈小希的喉咙像是被什么哽住了，用力吞口水也咽不下，只好勒紧了江辰的腰：“我爸妈很闲，每天都烦我，我分点他们的时间给你，好不好？”

“好。”江辰转身把她拥进怀里，用力地搂紧。

只是第二天陈小希就后悔她昨晚说过的话了。起床时江家父母早就不在家，江辰说过年是他们最忙的时候，饭局从早排到晚。于是陈小希就理直气壮地拉了江辰回对面自己家蹭午饭。于是就演变成现在的状况，江辰的饭碗已经鸡鸭鱼肉地堆成了一座小山，陈小希刚夹住的鸡腿还被妈妈一筷子夺过去堆在江辰碗里的小山上。

吃完饭，陈小希在厨房里洗碗，江辰却在客厅里看着电视吃着饭后水果，还有就是听着小希妈死命爆陈小希的丑闻："小希到了六岁都不会从一数到十，一般数到八就开始叫爸爸我要吃饼干。小希小时候问过长大后是不是一定要结婚？堂哥好凶，爸爸已经结婚了，我长大后嫁给谁啊。小希高中有一阵子突然每天很早出门，有一次穿着睡衣背着书包就出去了。还有有一次她说失恋了……"

陈小希急急忙忙地洗完碗，手上甩着水冲出来："妈！"

"干吗，没见我跟我们家小辰说话呢，打什么岔？"小希妈瞪她。

我们家小辰在一旁听到这个新的昵称忍不住默默地滴下一滴冷汗。

陈小希把湿漉漉的手往江辰的脖子上一贴，占有性地搂住："小辰是我的。"

女儿和妻子双重身份的陈小希，心里想的是：这是我的妈妈，江辰你别抢；这是我的江辰，妈妈你别抢。其实吃的是双方的醋。

到了下午天气突然变冷，陈小希想起自己没带厚的衣服回来，就从柜子里翻出大学时的外套，套在身上兴致勃勃地跟江辰说："你看我还穿得下大学时的衣服。"

这件衣服江辰再熟悉不过了，她那时一直坚持认为这衣服是她所有衣服里最好看的，事实上也是，米白色的呢子大衣衬得她一双黑眼珠更是乌溜闪亮，莫名地让人心跳加速。

晚饭前，江家客厅里坐了不少人，原本也算是言笑晏晏气氛融洽，两人一进门，江辰妈就率先沉下了脸：“大过年的不着家，也不知道谁教的？”

江辰冷着脸不搭话，陈小希赔笑：“爸妈新年好，叔叔阿姨们新年好。”

那些不知道从哪里来的叔叔阿姨们赶紧搭话：“新年好新年好，镇长跟镇长夫人好福气啊，儿子媳妇长得都是一表人才啊……”

陈小希轻轻一扯江辰的袖子，他才颔首：“叔叔阿姨新年好。”然后又一句：“你们慢慢聊。”就拉着陈小希回了房间。

陈小希责怪江辰不懂事：“那么多人呢，至少也要逐个打完招呼啊，你这样……爸妈会生气的……”

江辰躺在床上，双手交叉在脑后枕着，一脸无所谓。

后来江辰睡了，江辰妈来敲门，臭着脸说他们晚上不在家吃饭，李阿姨会来做饭，还说了大过年的不要总去劳烦亲家，别人会说闲话。

陈小希微笑着懦弱地应了，只在心里不孝地模拟了一次飞踢。

江辰醒来时陈小希正盘腿坐在地板上翻他的东西，手上捧着一本《三国演义》无声地笑，那扉页上是当年那个孩子画的非狗非猫的图画。

“陈小希。”

“啊？”她抬头，眼睛里蕴了水汽，笑盈盈晶晶亮。

江辰有一瞬间的愣怔和悸动，眼前的女孩，留着他年少时熟悉的短发，穿着他年少时熟悉的衣服，出现在他年少时的房间，笑盈盈地看着他，美好得犹如穿越到少年的一场梦里。

“过来。”江辰的声音涩哑。

陈小希不明所以，丢了手里的书跑到床边，还没开口说话，江辰忽然伸手一拉，把她扯到了床上然后翻身压住。

他居高临下地看着她笑，陈小希的脸上一阵发热，江辰的笑容向来是干净的，笑出单边酒窝盛满了阳光灿烂。但有时会像现在这样，笑得有点坏，莫名地让陈小希红了脸。

“干吗脸红？”他用食指指腹轻轻地摩挲着她烧得红起来的脸颊。

“哪有？”她嘴硬。

他吻她的眼睛，吻她的耳朵，吻她的脖子，她躲，咯咯地笑。

李阿姨来做饭时陈小希还在睡，江辰跟李阿姨说不用煮了，待会儿出去吃。李阿姨走后，江辰又钻进被窝，拥着陈小希睡回笼觉。江辰没有睡着，只是抱着怀里的陈小希，听着窗外烟花爆竹的噼啪声，感受着怀里的触感，暖暖的，软软的，是他的陈小希。

陈小希是被饿醒的，腰上横着江辰的手臂，锁得死紧，掰也掰不开。

外面天已经黑了，她仔细地听，只能听到烟花爆竹的声音，她松了口气，公婆还没回来。

“起来啦，我饿死了。”陈小希掐着江辰横在她腰上的手臂，指甲掐住了一小块肉，捏起来转一圈。

江辰痛得嘶了一声：“陈小希你最近怎么这么暴力啊？”

陈小希经他一提醒，也惊觉自己最近真的有点暴力倾向，小声地忏悔：“好嘛，对不起。”

她的声音放低了听起来软软的，江辰忍不住又凑上去亲她的后颈。

陈小希一声哀号：“还来啊……”

等到真的下床，又是半小时后了，陈小希扣着衣服的袖子，不时瞟来哀怨的眼神，委委屈屈的小模样让江辰一阵心虚，不是自己的老婆吗，怎么觉得自己好像禽兽……

晚饭是在家附近的小餐馆吃的，去吃饭时已经将近九点，吃到一半江辰接了个电话，走出门口讲了半个多小时还不见回来。陈小希一掏口袋，出来得匆忙，什么都没带。眼看店里就剩他们这一桌了，老板娘过来催了两次，态度一次比一次恶劣，陈小希也很不好意思，走到门口张望了几次也没看到江辰的身影，只好说：“我真忘记带钱和手机出门了，不然你跟我出去找他好吗？”

老板娘哼一声：“出去？外面要是有你们的同伙怎么办？”

陈小希尴尬到家了，这位太太，你的想象力会不会太丰富了一点……

江辰接的电话是带他研究的指导教授打来的，教授是个严肃的老头儿，一辈子没结婚，过年的乐趣就是打电话折腾手下的研究生。昨天同样是他的研究生的苏医生就中招了，据说因为电话中的背景声一片欢歌笑语，教授问她在做什么，她一个高兴回答大家一起喝酒赌钱呢，就被教授训了一顿说灯红酒绿花天酒地穷奢极欲。苏医生那个委屈啊，您说大过年的，我也不好召集全家一起号丧哭坟是不是……

江辰一看到是他的电话号码，立马找了条僻静的小巷，确认听不到烟花爆竹的声音才接了起来。教授说他交上去的一个病理分析出了问题，两人在电话中讨论了好久，最后教授问他在做什么，他说：“我正在实地调查外食时肝炎病毒的传播途径。”

……

教授满意地挂上了电话。

江辰回到餐厅时，陈小希正被老板娘数落得头都快垂到膝盖了，老板娘见她的穿着也不像有钱人，加上等久了火气大，话就愈说愈难听：“没钱就不要出来吃饭，我看你也不是什么好姑娘，年纪轻轻随便跟男人出来吃饭，你这种人我见多了，再不付钱我就报警了……”

“多少钱？”江辰沉声打断，掏出钱包。

老板娘数落得正上瘾，见这女孩的男朋友回来了正想顺便数落，一抬头见眼前的小伙子虽然表情平淡看不出喜怒，却莫名地让她不敢再多说什么：“八十五。”

陈小希拉着江辰的袖子委委屈屈地问：“你怎么去了这么久啊？”

江辰看都没看她，拿了张一百块递给老板娘：“不好意思耽误了您的时间，零钱不用找，请给我发票。”

老板娘傻眼了，小地方的小店哪里来的发票？但她本来就是泼辣的主儿，立马就先声夺人开骂：“兔崽子你找碴儿是吧！我告诉你我不怕你，我……（以下省略脏话若干）”

江辰没有回话，拿出手机打电话：“陈叔叔新年好，是，我是江辰，是的，和您反映一件事，××路这边有一家餐厅

×××，消费后店家拒绝开发票，您看是不是找人调查一下？好的，谢谢，我会向爸爸转达。”

陈小希和老板娘都傻眼了，陈小希拉着他袖子的手改去拉他手指：“怎么了？你打给谁啊？”

“税务局局长。”他说，然后看着老板娘目瞪口呆的样子，笑了笑，牵着陈小希走出了餐厅。

走出了那条街陈小希才反应过来，立住了不动：“你骗人。”

“什么？”

“你没有打给税务局局长。”

“为什么这么说？”

“你不是那种人。”陈小希认真地看着他的眼睛，“江辰不会仗势欺人。”

看着她认认真真的模样，江辰笑了。世间有一个人，对你的信任是无条件的，想着你都是好的，夫复何求。

“我吓唬她的。”江辰说。只是吓唬那个人，因为看到陈小希可怜兮兮的样子，又想到她陪自己回家这一趟受了不少委屈。虽然自己平时没少欺负她，而且恶趣味之一就是逗得她可怜兮兮，但是别人让她受委屈了却是不可以的。

陈小希这才笑了：“我就知道。”

江辰忍不住捏了一下她胖嘟嘟的脸：“你怎么知道，你就这么相信我？”

“切！谁相信你啊。你的通讯录里就那么几个电话，哪有什么陈所长。”陈小希得意扬扬，“还有啊，你刚刚没让她找钱，浪费了十五块，这种行为太不对了，得检讨一下。”

真的是很会破坏气氛啊。

“陈小希。”

“干吗？”

“你查我的手机？”

“那个……其实我觉得，你人品那么好，绝对不会仗势欺人的。”

“来不及了。”

……

陈小希解释：“我不是故意的，我就是画漫画时不知道给人物取什么名字才翻你手机的通讯录……”

“陈小希，我们明天去我外婆家，待到过完年。”

“为什么？”

“我要告诉外婆你查我的手机。”

“……”

陈小希喜欢江辰的外婆，以及外婆家所有的亲戚。陈小希在外婆家得到了至高无比的待遇，因为对比的是公婆给她的待遇，所以外婆只要不拿棍子抽她叫她跪下，她就觉得感激涕零了。

外婆真的是个很好的老人，一见面就把脖子上的玉坠子解下来挂在陈小希的脖子上，说什么也不让她拿下来，还夸她长得水灵，是天仙一样的美人。

陈小希那叫一个受宠若惊啊，她的人生第一次被用到“天仙”这么严重的词来形容外貌，外婆她……太识货了！

屋子里坐了一大堆人，都是特地跑来看陈小希的亲戚朋友，每个人换着词汇夸她，听到最后她都觉得自己不出道真是太对不起娱乐圈了。

吃午饭时除了江辰，一大桌子的人个个都瞪大眼睛盯着陈小希吃饭。在这种动物园式的惨无人道的围观压力下，陈小希不知道饭是从鼻孔还是从嘴巴吃进去的，只知道外婆不停地给她夹菜，她不停地吃，这才觉得，原来江辰在自己家吃饭时碗里被妈妈堆成一座小山，也是一种负担。

吃完饭陈小希争着要去洗碗，被广大女性亲戚们给拦住了，阻拦时语言动作之激烈，仿佛这些碗要是让陈小希给洗了，她们就得集体切腹自杀。

陈小希被外婆拉着坐在正中央，一群人围着她们坐成个半圈继续围观。

陈小希只好挺直了腰杆正襟危坐，嘴角噙着得体的微笑不时地点头。江辰被挤在离她最远的位置，微笑地看她扮演着母仪天下。

不知哪个起的话头，问起陈小希："你们是怎么在一起的？"

换作平时，陈小希一定厚着脸皮拍着胸脯豪气万千地说："是姐倒追的这小王八蛋！"顺势开始一把鼻涕一把泪地诉说倒追的辛酸往事，最后以阴谋得逞的三声仰天长笑作为结尾，整个故事感人浪漫又励志。

但是面对着一群表情殷切憨厚的大人，陈小希平时那套不要脸的说辞没了用武之地。她还在斟酌怎么开口，不知道是谁又自作多情地帮她回答了："想都知道是我们江辰追小希，想不到江辰平时看起来挺安静的，追女孩子挺有一套的啊，来来来，说一说都用的什么招数抱得美人归啊？”

陈小希忍不住抽了一下嘴角，这位亲戚你这么乐观真的好吗……

外婆也好奇了，拉着陈小希的手：“别害羞啊，告诉外婆你们是怎么在一起的？”

江辰远远地看了陈小希一眼，笑着替她答：“没什么特别的，近水楼台先得月。”

江辰这番回答掐头去尾省略主语省略宾语，胜在你以为意有所指他却模棱两可，总之跟一千个读者心里有一千个哈姆雷特有异曲同工之妙，简直可以出一本《江辰的说话之道》。

亲戚朋友们见挖不出什么新鲜热辣骇人听闻的八卦，又纷纷转去关心江辰的二姨——她那快考大学的儿子的成绩。问成绩、问婚姻、问生育向来是过年父母们用来折磨彼此孩子的三大法宝，无论哪个年龄的孩子都插翅难飞。

下午亲戚们都回家了，外婆戴着老花镜在看电视，节目正播着不知道哪个地方的戏曲，咿咿呀呀地百转千回。

陈小希和江辰在厨房里择菜，陈小希的情绪没来由地低落了。

江辰用手肘轻轻撞一下她：“怎么了？”

“没有啊。”

“哦。”江辰继续低头择菜。

……

“你就不能再问几次？”陈小希气愤地撕了一片菜叶丢给他，菜叶黏在他脸上不下来了。

江辰无奈地把菜叶拿下来：“你怎么了？”

“没有啊。”陈小希说了一句，怕江辰真的不再追问又立马补充，“我只是想到以前你都不要我，无论我怎么跟在你身边转你都不要我。”

江辰一愣，摸了摸鼻子解释：“也不是说不要……只是……”

只是，他拒绝了她的第一次表白后，她从此就预设好立场，一头热地围着他转，却再没有问过他喜不喜欢她或者要不要在一起……搞得他，也很郁闷啊。

“只是什么啊只是！没有只是！你就是不要我！你自己择菜吧！我去陪外婆！”陈小希把手里的菜泄愤似的一丢，擦擦手就走了。

这个懒鬼……

江辰笑着继续择菜，听着陈小希和外婆在客厅的说话声混在外面小孩玩炮竹的炮声中，忽远忽近。

他们的婚纱照

〈上〉

陈小希最近意识到一件很严重的事情——她和江辰并没有拍婚纱照。

能意识到这事是因为她最近休年假赋闲在家，吃饱了撑的就去敦亲睦邻地拜访了一下邻居，巧的是他们家对面就住了一对新婚夫妇，陈小希去拜访时，水果还没端上来，手里就被塞了厚厚的几本婚纱照，她把大学写审美论文的词汇都砸出来了，夸得人家小两口实在是过意不去，硬是认为必须看一看陈小希和江辰的婚纱照，夸几句以作回礼。当陈小希表示他们没有拍婚纱照时，对方不由自主地露出了同情的表情，然后一边善解人意地安慰她说，婚纱照这种东西，不拍也没关系，意义不大意义不大。

陈小希回家后，左思右想觉得这个婚纱照必须得拍，案发现场还得搜证拍照呢，何况是她陈小希和江辰结婚，证据当然是留下的越多越好，以免口说无凭，某人赖账。

只是江辰特别不喜欢拍照，家里连各阶段的毕业照都是只零落的几张，不过说起他的那些毕业照，又是另一个陈小希的凄凉故事了。

陈小希花了一个下午，ABCDE有计划地安排好一切可能性，势在必得地想让两人留下婚纱照这一触目惊心的证据。

于是江辰下班回家，就看到背光坐在沙发上、两手轻搭在沙发扶手上、一脸阴沉的陈小希。

“怎么不开灯？”

天色已经微暗，带点蓝的光线从窗外透进来，陈小希这寻仇似的架势引得江辰莫名想发笑。

“我要拍婚纱照。”陈小希将声音压得很低，试图营造一种低气压。

“不拍。”江辰一边解着手表一边回答。

“为什么？”陈小希从沙发上蹦起，大呼小叫：“凭什么凭什么？”

江辰瞟了她一眼：“讨厌拍照。”

的确，江辰的人生留下的照片屈指可数，长大后的他都是躲着照相机走的，陈小希还记得初中快毕业时，有同学从家里拿了照相机来跟大家拍照留念，最后洗出来的照片人手一套，陈小希却找了半天才找到江辰的一个背影。高中毕业的时候，陈小希拎着爸爸的照相机去找他合影，他不肯，她跟了他两条街道，好不容易才在两人家的那条巷子口拍了一张，回家后陈小希发现光线不足，只剩了两个黑乎乎的影子，但还是把照片洗出来收藏好。大学的时候，江辰的手机一直没有拍照功能，陈小希到大四才换了有拍照功能的手机，刚开始的时候有新鲜感，她自拍之余还要拉着他拍，他每次都挡，实在挡不住了就面无表情，搞得陈小希每次都觉得自己逼良为娼。后来两人分手后，陈小希的手机在地铁上被偷了，她扯着地铁工作人员非要看监控录像，其实也知道怎么都追不回来的了，就是不知道为什么，还想尽最后一点努力。

可能所有的失去都是这样，明知已经无法挽回，却还垂死挣扎。

陈小希突然有点低落，讪讪地摸摸鼻子说："那就算了吧。你饿了吧？饭好了，煎个鱼炒个菜马上就能吃了。"

江辰走向她，陈小希瞬间挺直了背，他却只是把脱下来的手表放在沙发边的小桌子上。回过头来看她好像期待着什么的样子，还是忍不住笑了，揉揉她的头发说："不急，鱼等我换好衣服来煎。"

江辰换好衣服出来的时候陈小希已经在厨房煎鱼煎得风生水起了，江辰远远地看了一眼，觉得大概已经回天乏术了，便安然地坐在沙发上翻着杂志等开饭了。

陈小希喜欢端着饭碗到客厅边看电视边吃饭的习惯婚后更是让她发挥得淋漓尽致，婚后家里那张小餐桌使用的次数屈指可数，常常在客厅的茶几上铺几页杂志纸就把饭菜都端上来了，江辰也没意见，反而觉得轻松有趣，只是有时她端着个饭碗看卡通看了半天都忘了扒饭的时候会用筷子敲一下她脑袋。

“喂，铺一下桌子啊。”陈小希端着盘子从厨房走出来，看他居然在翻她的漫画杂志不由得奇怪地多看了他两眼。

江辰才懒洋洋从手上的杂志撕了几页下来，边铺着桌子还边想着这家伙最近好像对他“喂喂”叫得很顺口啊。

盘子放下来的时候，江辰忍不住问了：“这什么东西？”

“煎鱼啊。”陈小希答得有气无力。

江辰：“这不叫煎鱼吧，充其量就是一条死得很惨的鱼。”

陈小希：“……”

陈小希几颗几颗地挑着饭粒来吃，因为忘了开电视，筷子敲在瓷碗上的声音清脆地回荡着。

江辰：“我可能没空陪你去挑婚纱，你可以自己搞定吧？”

“啊？”

循着亮光而来，趴在窗玻璃上打盹的飞蛾突然扇起翅膀迅速地飞离。

“陈小希你电视的声音有必要开这么大吗？”

〈下〉

因为没办婚礼，又没时间陪她去试婚纱，所以拍婚纱照那天是江辰第一次看到陈小希穿婚纱，他在婚纱店院子的长凳上等得打瞌睡，迷迷糊糊地看见陈小希一朵云似的飘过来。

有点漂亮，他心里这么想着，吞下一个哈欠来忍住嘴边的微笑。

陈小希长长的婚纱里藏了双奇高无比的高跟鞋，一路走得小心，直到看到江辰一身白色西装慵懒地坐在凳子上，她完全看直了眼，一直知道他适合白色，但没想到这么适合，一时之间好想扑上去……事实上她也这么做了，在离他两米远的地方一脚踩中婚纱裙摆，然后又因为想尽力保持平衡而双手大张在空中抡圆圈。

有没有想过江辰的感受，他上一秒钟还一朵云似的美丽新娘，下一秒钟这朵云变成了孙悟空的筋斗云嵌了红孩儿的无敌风火轮，他连叹口气的时间都没有，就一跃而起去救妻了。

搭救成功。

拍照时，江辰被摄影师各种“新郎笑一个呗，要笑出幸福花儿漫山遍谷的感觉”“新郎看着新娘啊，深情一点，眼神要有糖水的甜腻”“新郎抱住新娘，展示出用尽一生的爱去拥抱的那种感觉”等等指示弄得烦不胜烦，而陈小希也被摄影师“想象你是云间歌唱的小鸟”这种文学造诣颇高的表达方式唬得一愣一愣。

中间休息陈小希去补妆，江辰拒绝了化妆师在他脸上再盖一层粉的要求，躲到一个树荫底下打盹。

摄影师和助手以为新郎新娘都去补妆了，大声地聊起八卦来。

“Will，我说啊，你不觉得新郎一脸不情愿，从头到尾就没笑过啊，一定是被逼婚啦。”

“可能是奉子成婚的啦，你看那新娘穿个高跟鞋小心翼翼的模样，一定是怕有个什么闪失人家不要她啦。”

“难怪新娘看起来小腹微凸。”

江辰觉得，对于陈小希来说，前面的对话只是笑谈，最后的总结才会引发血案。

再拍照的时候摄影师Will奇迹地发现，疑似因为被逼婚而引发面瘫综合征的新郎会笑了，虽然笑起来稍稍显得稚气，却不得不承认是很好看的笑容，因为Will觉得他现在就像沐浴在春天的阳光里，是春日叮咚泉水里一条欢快的小鱼。

江辰突然爆发的参与感和摄影师异常的热情总算让婚纱照有序地进行下去，事实上摄影师热情得令人有点害怕，因为他邀请他们当他的模特儿，表示如果愿意，除了可以免费得到婚纱照，还可以得到丰厚的酬劳，唯一的条件是婚纱照要进行水下拍摄。

江辰没想到的是，陈小希居然毫不犹豫地拒绝了。

回去的路上，陈小希累趴了，一上车就放倒座位躺着一动不动，连安全带都是江辰帮她系的。

“真不明白婚纱照到底有什么好拍的，累成狗。”

“汪汪。”陈小希有气无力。

婚纱照拍完，挑照片对于有选择困难症的陈小希来说又是另一大难题，她抱着个电脑总觉得这张江辰好帅，那张江辰好MAN，这张好有气质，那张侧脸像雕塑，反正江辰的每张都很好看啊。

折腾了几天最后还是挑出来了。

江辰虽然没有插手，但是还是很好奇她挑的标准，因为对于他来说，每张都差不多啊。

陈小希理直气壮地回答他：“挑你那些我看了最想舔屏幕的照片啊。”

“婚纱照的主角不应该是新娘吗？”

“啊……对哦。”

❤

他们的生活

周末，陈小希在研究从网上看来的用棉花糖做出牛轧糖的创意料理，失败后也一点都不觉得失望，对于陈小希来说，做吃的能不能成功都是靠缘分，不可强求。

草草收拾后她就去睡午觉了，醒来后发现整个流理台密密麻麻地爬满了蚂蚁，一时脑热，把江辰的药用酒精倒上去，想着要么淹死它们，要么醉死它们，还可以顺便杀菌。

然后她就秉持着让时间处理一切的心态去客厅看电视了，才把电视打开，书房的门突然就开了，江辰昏昏沉沉地游荡出来，陈小希吓了一跳："你怎么在家，不是要值班？"

“一早回来的，不想吵你就睡书房了。”

江辰其实不是不想吵她，是不敢吵她，最近她脾气见长，两天前他还因为她在画图的时候进去问她要不要吃水果而被辱骂了一通，辱骂的大致内容是她作为一个艺术家是不能在创作的时候想着吃水果这么穷奢极欲的事情的，连这个都不懂，他怎么有资格做她的灵魂伴侣。

“有东西吃吗？”

“我以为你不在家，就没买菜，要不现在去买，还是我打电话叫外卖？”

“不用了。”江辰故意用力吸了吸鼻子，“我自己去煮面吧。”

“哦。”陈小希因为忙着转台就随便答应着。

江辰揉揉发胀的太阳穴，向厨房走去，路上还大声咳嗽了两声，依然没有得到应有的注意。

看到蔓延了一料理台的水和蚂蚁的尸体，江辰叹了口气，装了一锅水放到煤气炉上，一手拿着抹布擦流理台，一手打开煤气炉。

轰的一声，蓝色的火苗迅速舔上江辰手上的抹布，他条件反射地把抹布丢出去，落在流理台上，火迅速地爬上流理台，一大片蓝色的火铺开来。

江辰昏昏沉沉的脑袋瞬间醒了，冲出厨房，扛起还在沙发上看电视的陈小希就往家门外冲。

陈小希莫名其妙，像只被抓起来腾空的乌龟似的，四肢在空中划拉：“干吗干吗！我要掉下去了啦！”

“着火了！”

“啊？！怎么办啊！”

陈小希还没反应过来已经被江辰放下地了，他转身又往家里跑，边跑边吼她：“愣着干吗，跑啊！”

陈小希听话地往电梯跑，耳边又传来江辰的大吼：“楼梯！”

她哦了一声又往楼梯间跑，跑了一层楼又觉得不对，又跑回来，边跑边叫：“江辰！江辰！”

这个时候江辰已经双手交叉在胸前倚着门口等着她了，她一靠近二话不说拖着他就要跑，却发现拖不动，又回头看他：“跑啊，你干吗呢！我怎么可能丢下你一个人跑！”

江辰还是不动，陈小希一边拖一边语速飞快地说：“快跑啊，东西啊房子啊什么的我都可以不要啊，但是没有你我真的没办法啊，别救火了我们下去打电话报警就好了，你听到没有啊……哎，怎么不动啊你疯了啊你比什么东西都重要啊，不过就是间房子！”

江辰无语地看着她：“这位太太你深情的表白我是很感动没有错，但是火已经灭了。”

“啊？灭了？”陈小希口气莫名地失望，“这就灭了，什么嘛……”

江辰掐了一把她的脸：“你是在失望什么？”

然后夹着她的脖子往屋子内拖：“现在我们来谈谈为什么厨房里到处是酒精……”

大雨洗过后的城市有种令人舒畅的透亮，江辰拉起百叶窗，雨后柔和的阳光瞬间照了进来。

“江医生。”

熟悉的声音在身后响起，江辰嘴角微不可见地往上扬，转过身来时却已经换上严肃的表情，“你有那么闲吗？”

“挺闲的，老板出差，员工当然要摸鱼。”陈小希穿着白色T恤和磨白浅色牛仔裤，靠着门框笑眯眯地挥手，“见到我多开心啊，也不笑一下。”

江辰拉开办公桌前的椅子坐下，懒洋洋看她一眼，“见到你有什么好开心的？每天都见。”

陈小希撇嘴，一边往后退一边说：“那我走了哦？”

“再见。”江辰摆手，随手抽了一张病历低下头认真看，“不送。”

还真的就响起了脚步声，随着脚步声的渐渐远去，江辰抬起头，掩不住一脸错愕。

陈小希晃晃悠悠地在医院兜了一圈，还去医院的超市买了包瓜子，才又慢悠悠地晃回江辰的办公室，他背对着门站在窗边，不知道往外张望着什么。

“江医生。”

江辰转过身来，陈小希笑盈盈地朝他走来，白色的衣服在强光下泛着令人眩晕的光晕，映得她的笑容格外的甜美。

“场景重现历史重演，你再问我有那么闲吗我就真走了哦。”陈小希将一把瓜子壳往纸篓里扔，但瓜子壳轻飘飘，一扔出去就失了准头，撒了一地。

江辰还没出声，陈小希立刻就摆出可怜兮兮的表情：“你骂我吧！我下次不敢了。”

这招“先发制人之扮可怜先认错”是陈小希最近新学来对付

江辰的招数，而且是从司徒末四岁的帅儿子顾未末身上学到的，那天陈小希去他们家玩，看到顾未末把水倒在司徒末的笔记本电脑上，她眼睁睁地看着那孩子的表情先是惊愕，然后小眼珠滴溜溜一转，瞬间就换上凄惨的表情，抱着电脑开始哭，哭得比电脑还湿。最后司徒末心疼地抱着儿子拼命摇晃着安慰，虽然那孩子看上去快被摇晃得口吐白沫了，但毕竟成功了。

陈小希向来是三人行必有我师的忠实拥护者，回家后立马就对着江辰实践了一回。她“失手”打破某女性病人送给江医生的骨瓷杯，然后哭丧着脸说，对不起，你打我吧。江辰的回答是神经病，然后就自己动手收拾了玻璃碎片。所以陈小希觉得，这一招很管用啊。

江辰盯着陈小希故意眨巴得极其缓慢的大眼睛看了两秒，说：“打扫干净。”

只用过一次就失效了，江辰这人抗药性也太好了吧……

见她不动，江辰又补充说：“不然待会儿告诉清洁阿姨你是故意的。”

陈小希缩了缩脑袋，每天都可能在垃圾桶里清理到人体组织的人，如果要她们扫瓜子壳，实在是太大材小用了。

于是陈小希不得不瘪着嘴把瓜子壳清扫干净，因为江辰没有抽出精力来搭理她，她穷极无聊便给他办公室里的几盆小仙人掌浇了水。

江辰听到水声抬头的时候陈小希已经浇到最后一颗仙人掌，满满的水溢出盆沿，仙人掌的眼泪。

他叹了口气，“你这样浇水，根会烂的。”

陈小希突然想起来，问他：“你办公室什么时候多了……

一二三四五，五盆仙人掌啊？”

“同事送的。”

“哪个同事？女的？”陈小希突然多了个心眼，跟人气太高的男人在一起就是累啊。

“不知道。”他是真的不知道，前两天来上班就看到他办公桌上多了五盆巴掌大的仙人掌，盆子还用彩带绑了蝴蝶结，底下还压了一张字条，写着“祝你每天都有绿色的好心情，from同事”。他当时还觉得纳闷，为什么好心情就是绿色的。既然想起来了就随口岔开话题说：“你觉得好心情应该是什么颜色的？”

“啊？”陈小希没明白过来，江辰又重复了一遍，她才抽搐着嘴角说，“心情能有什么颜色？”

“哦？你不是号称自己是天生艺术家的料？”江辰挑眉。

“是啊，我是艺术家的料，又不是艺术家的颜料，哪里知道好心情是什么颜色，这么矫情。”陈小希嘟囔着说。

江辰笑眯眯地拍着她的头：“是啊，我们家小艺术家，要不要出去吃饭了？”

“要！”陈小希兴奋地举手，完全忘了刚刚还在追问的事。

陈小希的注意力一向容易被转移，以前她为了什么事跟他闹的话，他只要趁她没反应过来带到另一个话题上，等她回过神来，已经时过境迁了。

果然，吃饭吃到一半的时候陈小希突然想起了，用筷子去敲他的手：“说！那花盆是谁送的？”

筷子刚好打在江辰中指的指骨上，发出好大一声，陈小希吓了一跳，丢下筷子去握他的手：“痛不痛？”

“你说呢？”

陈小希看他指骨已经泛红，后悔得要死，打男人不是她的嗜好，太有违她贤良淑德逆来顺受的形象了。

江辰看她抓着他的手又是揉又是吹的，吹到口水都溅上去了。

“好了别吹了。”他缩回手，“快点吃完饭，我下午有手术。”

“啊？那你的手疼了，手抖杀死人怎么办？”陈小希很忧心忡忡。

江辰嘴角抽了一抽，转移话题：“你下午还回去上班吗？”

“回啊，傅沛发神经弄了个指纹打卡机，下班要打卡的。”

下午江辰做完手术回到办公室，又看到陈小希趴在他的桌子上懒洋洋地看漫画。

“不是说要打卡？”

陈小希蹦起来：“你都不知道司徒末多聪明，她上网买了制作指模的东西，回去我们就把指模都做好了，今天她帮我打，明天我帮她打，一直打到傅沛出差回来。”

说着她从包里鼓捣出来一块蜡、一个打火机和一瓶胶水一样的东西：“我来帮你做指模吧！”

江辰拒绝：“我又不用打卡。”

陈小希哀求他：“做嘛做嘛，满足一下我嘛……”

江辰斜睨了她一眼：“我什么时候满足不了你？”

陈小希一愣，手缠上江辰的腰：“哎哟，小哥我们今晚试试看就知道了。”

耍流氓的人，最恨遇上那种“来呀来呀欢迎你来耍”的姿态。

最后江辰还是被陈小希逼着把十指的指模都做了个遍，陈小希把他十个指模封在一个塑料口袋里放进了随身包包，因为她想好了，她如果哪天一个不慎杀了人，得用江辰的指纹在犯罪现场通通摸一遍，不能她去坐牢了，留江辰独自一个人在这无聊的人世间。

江辰提醒了一句，男女是分开关的。

陈小希想了想表示，总归是监狱系统，会有机会相见的。

他成了爸爸，她成了妈妈

〈一〉

陈小希整个怀孕过程跟吃了常润茶一样顺畅，没有孕吐，各项指标非常健康，能吃，能睡，一点不累，连陪同整个过程的江医生都觉得顺利得不可思议，所以当陈小希预产期到了，准备住进医院待产的时候，陈小希还悠然地指挥江辰，别的可以不带，但是一定要帮她多带点漫画书，还有，如果《银魂》更新了，第一时间给她下载！

在医院住了好几天，孩子都没有要生的迹象，陈小希倒是无所谓，吃好喝好睡好，见到江辰的次数还比在家里多了。江医生不好意思了，本来就是医院照顾员工家属才有的福利，医院床位这么紧张，陈小希单人病房一住就是好几天，每天吃着水果躺在床上看漫画、看电视剧，还招呼清洁阿姨一起浑水摸鱼。但是从来不滥用工作职权的江医生这次还是硬着头皮让陈小希在医院里赖着了。

凌晨四点，陈小希突然喊肚子痛，陪床的江辰弹起来，按床头的呼叫器，然后开灯。

陈小希推进产房之前，还在强调，不要江辰陪产。

江辰的爸妈和陈小希的爸妈赶过来的时候，一排准爸爸，包括江辰靠在妇产科外面的走廊上等着，发呆地盯着墙上的电子显示屏，他们也跟着抬头看，电子屏滚动着红字：某某某，宫口开六厘米，某某某，宫口开四厘米；陈小希，宫口开三厘米。

陈小希她妈一拍陈小希她爸，“哎呀不行啊，才开三厘米，我们这小乖孙，输在了起跑线上啊！”

本来凝重的气氛一下子让人啼笑皆非了起来。

没有影视作品里看到的那种在产房外面听到撕心裂肺的叫声，产房和家属等待区中间被玻璃门隔了一道长长的清洁区，什么都没有听到，只看到医生护士匆匆忙忙的身影。

抽离了医生的身份，江辰突然觉得他们看上去很陌生。

九点多的时候，出来了一个护士：“家属给产妇买点巧克力什么的吧。”

一下子刷刷站起来了好几个家属，江辰也是其中一个。

护士见到江辰，乐了：“江医生，陈小希说她要吃有坚果的巧克力。”

“不像话，还点菜呢！有什么买什么，别惯着她！”陈小希她妈又推了她爸一把。

江辰的爸妈只催江辰快去买。

……

江辰快步走到医院的超市，走了一圈没找到有坚果的巧克力，抓了个超市员工问，硬让人家去库房里找了有坚果的巧克力给他，要付钱时才发现自己忘带钱包了，幸好人家认识他，一挥手说江医生你拿去吃，回头还钱就好。

这么喜欢吃带坚果的巧克力啊。

江辰走出门口的时候听到那人自言自语地嘟囔了一句。

回到妇产科外面的时候，陈小希她妈一脸欢欣鼓舞地报喜，“看，开了六厘米，奋起直追啊这孩子。”

江辰看了一眼电子屏，陈小希，宫口开六厘米。

正想着要怎么把巧克力给她送进去呢，刚刚那个护士又出来了，把江辰拉到一边小声地说了三个字：“肩难产。”

作为一个给别人传递过太多坏消息的医生，作为一个了解这三个字代表的意义的医生，江辰表现得比普通人冷静得多，他只用了几秒就给出了反应：“陈医生呢？”

陈医生作为妇产科主任，此刻在产房里冷静地实施肩难产助产术。

时间一步拖着一步地走着。

陈医生走出产房，拍拍江辰的肩膀：“母女平安。”

他看到江辰的眼神从一开始的祈求变为感激，最后平静下来，恢复了一贯冷静的模样，起身握手说了声：“谢谢！”

陈医生心里嗤了一声：别以为我刚刚没看到你那小狗一样的

眼神，哎呀我果然才是神医圣手，看看这小后辈多崇拜我！

跟在后面的护士小姐很恼火，陈医生太过分，硬是抢走她邀功的机会，人家也要看江医生亮晶晶的眼睛跟她说谢谢。

刚出生的婴儿在爷爷奶奶、外公外婆怀里轮流哇哇地哭。

陈小希躺在床上，奄奄一息。

江辰帮她把汗湿的头发顺好，“辛苦了。”他说。

虽然刚成为爸爸，江辰下午还是被安排了一台手术，也亏得他同事做得出“一边说恭喜，一边说哎呀既然已经生了，你也帮不上什么忙了，不如帮忙跟下午的手术，就这样定了啊”这样的事。

手术前的无菌清洁完毕后，护士替江辰穿好手术衣后拿来了无菌手套，江辰条件反射地接过来戴上。

“戴反了。”护士小声提醒，也是第一次看到江医生魂不守舍，还多确认了几眼才敢出声提醒。

“哦。”江辰回过神来。

没事就好。其实江辰一直在想的就是这四个字，没事就好。

〈二〉

陈小希没料到自己的女儿长成这样。

皱皱的，红红的，还在蜕着白白的皮。

她觉得郁闷，江辰那么好看，自己长得也不差，怎么会生出这么个玩意儿来。

陈小希愁死了，忍不住问江辰，“咱女儿这么丑，以后怎么嫁啊？”

江辰扶额：“新生儿都长这样的。”

陈小希她妈正好进来，听到了全程对话，一巴掌抡过来就要去拍陈小希的头，江辰眼明手快地挡到两人中间，“妈，你是不是熬了汤？”

“就是过来叫你们出去喝汤。”陈小希她妈还在瞪她。

陈小希隔着江辰对她妈得意洋洋地做鬼脸。

“你小时候更丑，红彤彤的像从开水里捞出来的！”陈小希妈妈气不过，叉着腰骂她。

“哪有你外孙女丑，红彤彤的还掉皮，像从滚开的馊水里捞出来的！”

“再丑也是跟你小时候一模一样，是你的丑基因！”

“我再丑也是跟你小时候一模一样，你才是丑基因的起源！”

……

江辰轻轻地捂住沉睡中女儿的耳朵，大人的世界有太多的话不堪入耳，别听别听。

陈小希从来都不觉得自己当不好一个妈妈，现在的人当妈妈真是太夸张了，育儿书讲得养个婴儿跟培养史前生物似的，什么都要无菌，什么都要有机，什么都要消毒。因为在她的印象中，她自己的妈妈也当得很随便，她也照样快快乐乐地长大了，可是她很快地意识到，自己的这种“轻松当妈妈”的心态，在江辰“科学当爸爸”的心态中，彻底败下阵来。

江可小宝宝在一个月零八天的时候，她伟大的医生爸爸从医院把流感带回家了，并迅速地传染给她那没什么抵抗力的妈妈。陈小希愁死了，想打电话叫自己的妈妈来带宝宝，但被江辰阻止了，他表示，初生婴儿抵抗力非常强，不容易感冒……

吵了一架后陈小希还是把妈妈叫来了，外婆对外孙女那一个叫宝贝啊，把感冒的夫妇当成头等大敌来对待，陈小希被她妈逼到想要摸一把自己女儿的脸，还得套个塑料手套才可以。

江辰比她聪明，套上医用橡胶手套，手感较好。

只是陈小希看他带着白色橡胶手套，面无表情地摸着孩子的脑袋，怎么看怎么觉得瘆得慌。

几个月过去，江可小朋友终于脱胎换骨。是的，他们的女儿叫江可，江辰的爸爸给取的，老镇长说，以后一定是个可人儿。大家都说好，陈小希只好忍住编“江可江可，快来讲课讲课”这种又白又烂的顺口溜儿的冲动，乖巧地说谢谢爸爸。好的，我们回过头来说江可终于长成了一个白白胖胖、跟奶粉广告一样可爱的小娃娃。

照理说，她应该可以洗刷掉长得很丑这样的评价了。这天，江辰和陈小希正围着摇篮参观江可小朋友睡觉。

“你不觉得我们女儿越长越可爱了吗？”陈小希终于从女儿很丑的阴影中走出来了，“你看她睡觉的样子，好像小天使啊。”

江辰看着每天都胖一点的婴儿，若有所思地戳戳她鼓囊囊的胳膊，答：“像一团肉正在发酵。”

陈小希无语，面无表情走出房间。

走到阳台给她妈打电话：“妈，我突然想吃馒头，刚蒸好白白胖胖冒着热气的那种，你什么时候过来给我做？”

〈三〉

“我回来了。”江辰推开家门习惯性地说了一句。

家里静悄悄，没有任何回应，他稍微提高了音量：“我回来了。”

房间的门掩着，从门缝看进去，陈小希正靠着床头看漫画，江小可在她身旁，沉沉地睡着。

江辰推开房门：“我回来了。”

陈小希把视线从漫画上移开两秒：“哦，听到了，你小声点！别吵到可可。”

以前那个飞奔出来，摇着他手臂问“今天怎么这么早下班？累不累？饿不饿？给你找点东西吃？倒杯水给你？还是你要饮料？”的固定场景模式到底是被谁把代码给改了？

干站了几分钟，发现陈小希已经重新回到她漫画的世界里了，江辰只好轻手轻脚地去书房。

书房里两张书桌都乱七八糟地丢满了一些纸稿，最近陈小希迷上了儿童绘画，正趁着休产假在画一本童话。以前陈小希可不敢把自己的东西丢到江辰的书桌上来，甚至以前陈小希的任务之一就是帮江辰整理他乱糟糟的桌子。真是今时不同往日。

江辰想清出一块地方写论文，本来只打算把他书桌上多出来的东西堆回陈小希书桌上，哪知从纸堆中捡出了一包吃了一半的饼干，一包湿纸巾，一条没有使用过的纸尿裤，只好去翻陈小希书桌上的纸堆，果然从里面掏出了一个奶嘴，一只汤勺。

无奈地叹了口气，家有贤妻。

当食物的香味开始在屋子里弥漫开来的时候，江辰放下手上的笔，打开了书房的门，看到陈小希正抱着江可在喂着一碗糊糊状的东西。

看到他出来，陈小希热情地招呼江可说："看，是爸爸哦。"

江可毫不领情，咿咿呀呀地伸长了嘴巴去追陈小希手里的勺子。

陈小希被逗得哈哈大笑，挖了一口送到她嘴边，等她张口要吃，又把勺子缩走，江可气得哇哇叫。

两人不亦乐乎地就着一根勺子玩起了抢食游戏，江辰晾在一边，莫名觉得自己很多余。

忍不住出声问了句可以吃饭了吗？

陈小希笑着回答："你把锅里的米糊吃了吧，我煮多了，她吃不完。"

我才不要吃什么烂糊！江辰在心里掀桌。

"那你吃什么？"

陈小希耸肩："我下午吃了东西，现在还不饿，饿了再煮个面吃。"

到了晚上，只吃了碗米糊的江辰又饿又困地躺在床上发呆，陈小希和江可躺在床上玩飞高高的游戏。

江可咯咯咯地笑着，陈小希也咯咯咯地笑着。

"快哄她睡觉，十二点了。"江辰反手盖在眼睛上，有气无力地说。

“人家今天睡了一下午了，精神着呢。”陈小希咯吱着江可，“对吧？对吧对吧？”

江可当然不可能回答她，只是咯咯咯地大笑着。

江辰只好说：“我明天一早排了一台手术。”

陈小希这会儿明白过来了，善解人意地建议：“啊，那你去书房睡吧，早点休息，别让我们吵着了。”

江辰扯了被子从脚盖到头，闷闷地说了句“算了”翻了身背对着她俩睡。

事到如今，江辰终于意识到，他在这个家，彻底失宠了。

〈四〉

江可小朋友才刚刚学会爬，陈小希就决定了等她大一点送她去学钢琴，江辰小时候被逼着学钢琴非常痛苦，逢年过节还得被家长拉出来表演，所以他觉得让她随便瞎玩着长大就好了。

陈小希难得坚决一回，甚至已经开始在存钱买钢琴。

江辰表示，你存钱买钢琴之前，是不是应该先考虑一下我们家放不放得下钢琴？陈小希表示，你的书房空出来，放钢琴！

本来只是讨论，有天回来江辰发现陈小希拿了一个卷尺在书房里比画来比画去，而两人的书桌已经被移到门外。

江辰试图和她讲道理，比如江可不一定会对钢琴有兴趣，比如江可还小不用那么着急，比如江可的手指那么短……但陈小希就是铁了心要买钢琴！

陈小希为什么那么执着给女儿买钢琴，这还得上溯到她和李薇的恩怨，其实哪里有什么恩怨，都只是她成长路上对别人家女儿的不忿而已。

那时候才上小学，看到李薇一头长直发地坐在钢琴前手指修长地飞跃着，随着身体的晃动，发丝在空中划出一道道优美的线条，陈小希摸摸自己齐肩的短发，想起妈妈说的，学什么乐器啊，太贵！留什么长发啊，费事费水还费洗发水！她那个时候还不知道喜欢一个人的感觉，就开始学会讨厌一个人了，因为羡慕。

她的乐器梦是从那个时候开始的，她在两根筷子中间绷上橡皮筋，再把筷子钉在一块木板上，学着电视上的人那样，翘着兰花指弹“古筝”。后来她又弹上了钢琴，课桌上随便画出来的键，标上1234567，弹得小脑袋摇摇晃晃，再后来画画变厉害了，照着音乐教室的钢琴画了一个琴键在素描本上，直到上了高中，没事的时候还会弹着玩儿。

江辰听完她的故事，这才恍然大悟，小时候从窗户看过去，常常看到她端坐在书桌前，双手一上一下，脑袋摇来晃去，嘴里念念有词，有一阵子他还觉得背脊发凉，这人该不会在对他做什么奇怪的法术吧？

后来陈小希的钢琴还是没有买成，因为她想起江辰家里有一架他小时候用的钢琴，可以传承给他女儿，后来那架钢琴的琴键被江可小朋友涂成彩虹颜色这种悲伤的故事咱们就别说了吧，毕竟，逼别人帮自己完成自己的梦想这件事本来就有风险。

图书在版编目（CIP）数据

致我们单纯的小美好 ：全2册 / 赵乾乾著. -- 南京：江苏凤凰文艺出版社，2015

ISBN 978-7-5399-8633-3

Ⅰ. ①致… Ⅱ. ①赵… Ⅲ. ①长篇小说－中国－当代 Ⅳ. ①I247.5

中国版本图书馆CIP数据核字(2015)第184391号

书　　名　致我们单纯的小美好
作　　者　赵乾乾
出版统筹　黄小初　沈洛颖
选题策划　北京记忆坊文化
责任编辑　姚　丽
特约编辑　虾　球
责任监制　刘　巍　江伟明
封面绘图　羊驼嘟嘟噜
封面设计　80零・小贾
出版发行　凤凰出版传媒股份有限公司
　　　　　江苏凤凰文艺出版社
出版社地址　南京市中央路165号，邮编：210009
出版社网址　http://www.jswenyi.com
经　　销　凤凰出版传媒股份有限公司
印　　刷　环球东方(北京)印务有限公司
开　　本　880毫米×1230毫米　1/32
字　　数　290千字
印　　张　14.5
版　　次　2015年9月第1版，2018年3月第6次印刷
标准书号　ISBN 978-7-5399-8633-3
定　　价　48.00元（全二册）

影视版权抢订热线　010-64810892-604
江苏凤凰文艺版图书凡印刷、装订错误可随时向承印厂调换